코끼리새는 밤에 난다

코끼리새는 밤에 난다

초판 1쇄 발행 | 2020년 7월 15일
　　2쇄 발행 | 2021년 04월 23일
지은이 | 신세은
펴낸이 | 최윤정
펴낸곳 | 바람의아이들
만든이 | 김민령 변수연 유소희
펴낸곳 | 바람의아이들
등록 | 2003년 7월 11일 (제312-2003-38호)
주소 | 04001 서울시 마포구 동교로 17안길 43-4
전화 | (02) 3142-0495　팩스 | (02) 3142-0494
이메일 | barambooks@daum.net
제조국 | 한국
구독연령 | 11세 이상

www.barambooks.net

ISBN 979-11-6210-081-3
ISBN 978-89-90878-04-5 (세트)

이 도서의 국립중앙도서관 출판예정도서목록(CIP)은 서지정보유통지원시스템 홈페이지(http://seoji.nl.go.kr)와
국가자료종합목록 구축시스템(http://kolis-net.nl.go.kr)에서 이용하실 수 있습니다.
(CIP제어번호 : CIP2020022891)

코끼리새는 밤에 난다

신세은 지음

바람의아이들

차례

안녕, 케플러

도영이가 죽었다.

차가워진 바람이 겨울을 알릴 무렵이었다. 부모님과 함께 유성
우를 보러 간 도영이는 돌아오기 직전 나에게 메시지를 보냈다.

이제 출발하려고.

알림 소리에 잠에서 깨어 비몽사몽 시계를 보았다. 별똥별이 한
창일 시간이었다.

아침까지 보다 오는 거 아니었어?

그러려고 했는데. 엄마도 아빠도 별이 쏟아질 때 드라이브하고 싶다고 하셔서. 다음엔 같이 오자. 너한테도 꼭 보여 주고 싶어.

누가 낭만 가족 아니랄까 봐ㅋㅋ 아저씨 운전 조심하시라고 전해 주고 잘 와. 다음에는 같이 가자!

응. 내 꿈 꿔! 사랑해!

도영이는 이따금 예상하지 못한 순간에 애정 표현을 하곤 했다. 뭐라고 답해야 하나 고민하던 나는 결국 아무 답을 하지 못했다. 말하지 않아도 도영이라면 내 마음을 알 거라고 생각했다. 무엇보다 새벽에 깨서 졸음을 이기지 못하고 나는 그대로 다시 잠에 빠져들었다.

그것이 마지막이었다.

토요일 아침, 주말마다 늦잠 자느라 아침은 건너뛰는 부모님이 밖에서 이야기하는 소리가 들렸다. 평소보다 일찍 잠에서 깬 나는 눈살을 찌푸리며 방문을 열었다.

"뭔 일인데 아침부터 시끄러워? 7시밖에 안 됐는데."

시계를 보며 투덜대다가 뒤늦게 하얗게 질린 부모님의 얼굴이 눈에 들어왔다.

"유, 윤아야⋯⋯."

엄마는 눈물이 글썽거리며 말을 잇지 못했다. 그 옆에서 침울한 표정으로 한숨을 쉬던 아빠가 입을 열었다.

"윤아야, 도영이가, 도영이네 식구들이……."

"도영이가 뭐? 아, 무슨 일인데!"

좀체 뜸 들이는 일이 없던 아빠가 말을 잇지 못했고, 나는 그런 아빠에게 성을 내며 물었다. 왠지 모를 불길한 예감에 목소리가 떨려 왔다.

"새벽에 집으로 돌아오다 차 사고가 났대. 졸음운전하던 트럭이랑 부딪혔는데, 너무 큰 사고라서……."

아빠는 내 눈을 보지 못하고 고개를 숙였다. 나는 터져 나오는 눈물을 참고는 피식 웃으며 말했다.

"뭔 소리야, 오늘 새벽에 도영이랑 연락했는데. 유성우 보고 오는 길이라고 연락했단 말이야. 그게 네 시간 전인데, 대체 무슨 소리야……."

애써 웃으며 말을 이어가려고 했지만 더는 아무 말도 나오지 않았다. 그러자 기다렸다는 듯 눈물이 흘렀다. 찬바람이 부는 어느 11월의 일이었다.

"케플러가 죽을 때 하늘에서 별똥별이 쏟아졌대. 그날을 추측해 보면 황소자리, 사자자리 유성우가 떨어지던 날이고. 진짜 멋지지? 케플러는 훌륭한 과학자인데, 삶은 많이 힘들었잖아. 그래도 마지막 순간에 쏟아지는 별들을 보면서 행복하지 않았을까? 죽음에게 인정받는 기분이었을 것 같아. 너는 훌륭한 과학자라고…….”

두 달 전, 지독히도 더웠던 여름이 조금 가실 무렵이었다. 도영이가 갑자기 보자고 했다. 동네 공원 벤치에 나란히 앉은 도영이는 한참 동안 케플러 이야기를 했다. 도대체 무슨 소릴 하는 건지 감도 오지 않은 내가 물었다.

“이도영, 너 지금 케플러 이야기 하자고 불러낸 거야? 하도 급한 일이래서 약속까지 취소하고 왔는데, 장난하냐?”

그러자 도영이가 주눅 든 목소리로 대답했다.

“알았어. 미안. 너 오늘 서윤이네 동아리 애들이랑 만난다며.”

“응. 그런데?”

도무지 알 수 없는 말에 내가 물음표를 띄운 얼굴로 물었다. 도영이는 한숨을 쉬며 입을 열었다.

“거기에 너 좋아하는 놈이 있단 말야.”

“뭐?”

“걔가 너한테 고백할지도 모른다고 요한이가 알려줬어.”

“내가 지금 무슨 소리를 듣는 건지 도통 이해가 안 되는데? 빙빙 돌리지 말고 용건만 얘기해. 나 진짜 화낸다!”

그러자 도영이가 봉투를 건넸다. 점점 더 알 수 없는 전개였다.

나는 한숨을 쉬며 봉투를 열어 보았다. 거기에 쓰인 글을 읽으며 내 얼굴은 점점 더 심각해졌다.

케플러 제1법칙

모든 행성은 타원 운동을 한다.

이도영은 지금까지 가깝고 먼 거리에서 늘 한윤아 곁을 벗어나지 않았다.

케플러 제2법칙

모든 행성이 타원 운동을 하는 동안 휩쓸고 지나가는 면적은 항상 일정하다.

이도영이 한윤아 곁을 맴도는 동안 그 마음은 언제나 변함없다. 행성이 태양과 가까워지면 공전 속도가 빨라지는 것처럼, 한윤아와 가까이 할수록 심장은 더욱 빨리 뛴다.

케플러 제3법칙

행성이 태양에서 멀어질수록 공전 주기도 함께 길어진다.

한윤아 곁에서 멀어진 이도영의 시간은 어느 때보다 길고 지루하다.

　케플러 법칙에 근거하여 이도영이 한윤아를 좋아한다는 결론을 내릴 수 있다.

윤아야, 나는 별이 좋고 케플러가 좋아.

그런데 그들보다 네가 더 좋아.

너는 어떠니?

편지를 다 읽은 나는 얼굴이 빨갛게 달아올랐다. 이건 고백이다. 내가 좋다고 도영이가 고백한 것이다. 케플러 법칙에 빗댄 고백이라니, 뼛속까지 이과생인 문학소년 이도영답다는 생각이 들었지만 웃음은 나오지 않았다. 편지를 다 읽고 나서도 나는 고개를 들지 않았다. 아니, 들지 못했다. 도영이를 볼 자신이 없었다.

우연히 옆집에서 살게 된 두 부부는 어느새 한 가족처럼 친해졌다. 형제도 친척도 없던 도영이네 부모님은 우리 부모님과 부모님의 가족을 좋아했다. 외아들인 아빠도 형제가 생긴 것 같다며 즐거워했다. 추석에는 우리 할머니 댁에도 함께 갈 정도였고, 이모, 외삼촌 가족들과 여행을 함께 갈 만큼 서로 가까워졌다.

나와 도영이는 생일도 한 달 차이다. 엄마들끼리 입덧도 비슷하게 해서 음식도 나눠 먹었단다. 자라는 동안 내내 곁에는 도영이가 있었다. 그래서 친구라기보다는 남매 같았다. 손이 많이 가는 동생처럼 도영이는 숫기도 없고 잘 울었다. 몸도 약해 늘 약을 달고 살았는데, 중학생이 되면서 비리비리했던 몸이 튼튼해졌다.

중학교에 들어간 뒤로 도영이의 키는 금세 나를 넘어서더니 훌쩍 자랐다. 리더십이 있어 아이들을 이끌거나 운동에 소질이 있지는 않았지만, 공부를 썩 잘해 성적은 늘 좋았다.

"한윤아, 너 도영이랑 친해?"

학년이 바뀔 때마다 시비를 걸듯 묻는 여자아이들이 생기곤 했다. 어느새 도영이는 은근히 인기 많은 애가 되어 있었다.

"야, 내가 이도영 업어 키웠거든?"

나는 경계하듯 묻는 아이들에게 코웃음을 치며 답했다. 하지만 점점 도영이가 낯설어졌다. 그건 아주 서서히 일어나는 일이어서 그때는 미처 깨닫지 못했지만.

고등학교에 진학한 뒤에는 그런 아이들이 더 많아졌다. 그래서인지 첫 학기에 나는 잠깐 왕따를 당하기도 했다. 당연히 도영이와 친하다는 게 이유였다. 큰 키에 하얀 얼굴, 다정다감한 아이. 늘 내 뒤에 숨어 있던 겁 많은 울보는 더 이상 없었다. 그래도 이도영은 이도영이었다. 나는 달라진 모습을 의식하지 않으려고 애쓰며, 변하지 않는 소꿉친구로 남았다. 그렇다고 생각했다.

그런데 막상 고백을 받으니 순식간에 도영이가 낯설어지며 심장이 뛰었다. 남매 같은 사이라고 생각했는데, 이렇게 갑작스러운 일이라니.

슬며시 고개를 들자 도영이가 씩 웃어 보였다. 기분이 이상했다.

가슴이 뛰기 시작했다. 하지만 그 감정을 표현할 적당할 말을 찾기 어려웠다. 한편으로는 좋은 친구 사이가 변하는 것 같아 무섭기도 했다. 친구는 영원하지만 애인은 헤어지면 원수가 된다고들 했다. 그럼 다시 예전으로 돌아갈 수 없을지도 모른다.

복잡한 감정으로 머릿속이 뒤엉킨 나는 대뜸 소리쳤다.

"너 지금 장난쳐?"

어휴, 한윤아. 겨우 찾은 말이 그거냐? 하지만 마음의 소리와 달리 밖으로 튀어나온 말은 제멋대로였다.

"이게 어디서 까불어! 너 또 이러면 우리 절교다!"

맙소사. 하지만 말을 주워 담을 수도 없는 일이었다. 도영이는 그런 나를 보더니 고개를 숙이고 자리에서 일어났다.

"……그게 대답이구나. 알겠어."

그 말만 남기고는 등을 돌려 터덜터덜 걸음을 옮겼다. 쓸쓸한 뒷모습이었다.

"아우!"

혼자 남은 나는 양손으로 머리를 잡으며 소리쳤다.

"아, 그러게 왜 난데없이 고백이냐고! 귀띔이라도 해주던가!"

도영이는 없는 말을 하는 애가 아니었다. 그 성격을 알기에 나는 깊은 한숨이 나왔다. 그래도 친구 사이는 지켰으니 된 것 아닐까 하는 생각도 들었다. 연애하다 끝나면 원수보다 못한 사이가 되지만,

그래도 우린 친구니까.

하지만 그건 착각이었다. 이도영은 초등학교 1학년 때 자기를 오줌싸개라고 놀렸던 아이를 졸업 때까지 용서하지 않았다. 뒤끝 있는 녀석이라는 사실을 내가 잠시 잊고 있었다.

그전까지 도영이는 늘 우리 집에 들러 나와 함께 학교에 갔다. 늘 시간이 일정해서 우리 식구들은 알람시계라며 함께 웃곤 했다. 그런데 월요일 아침, 도영이는 오지 않았다.

전에 없던 일이라 부모님도 당황했다. 혹시 어디 아픈 걸까 걱정하던 엄마가 전화를 걸었다.

"도영이가 안 와서요. 어디 아픈 거 아니에요? 네? 아, 그래요?"

엄마는 고개를 갸웃거리며 전화를 끊었다.

"벌써 학교 갔다는데? 너희 혹시 싸웠니?"

그 말에 아빠는 호기심 가득한 눈빛으로 나를 보았다. 나는 대답 없이 한숨만 쉬고는 집을 나섰다.

옆에서 재잘대던 도영이 없이 혼자 가려니 어딘가 허전했다. 조금 쓸쓸한 기분도 들었다. 함께할 때는 귀찮기도 했는데 막상 옆에 없으니 이상했다. 예상했던 것과는 전혀 달랐다. 나는 고개를 숙이고 한숨을 내쉬었다.

그렇게 홀로 교실에 들어서자 도영이가 보였다. 이어폰을 꽂고 책을 보고 있었다. 분명 나와 눈이 마주쳤는데 알은체도 하지 않았다.

나는 삐죽 입을 내밀고 거칠게 의자를 꺼냈다. 그러자 먼저 와 있던 서윤이가 입을 열었다.

"너네 왜 둘 다 아침부터 뚱하냐?"

"아, 뭐!"

내가 뾰로통하게 대꾸하자 서윤이가 킥킥거리며 내 귀에 소곤거렸다.

"그래서 고백은 받았어?"

"뭐?"

그걸 어떻게 아느냐는 반응에 서윤이는 크게 웃었다. 웃음소리가 얼마나 컸는지 도영이가 이어폰을 빼고 뒤돌아볼 정도였다. 나는 서윤이를 교실 밖으로 끌고 나왔다.

"그걸 어떻게 알아?"

"나도 눈 있고 귀 있는데 왜 몰라? 이도영이 너 좋아하는 거 전교생이 다 알 거다, 이 둔팅아. 아주 둘이 똑같아요."

깔깔대는 서윤이에게 내가 다급하게 물었다.

"그게 무슨 소리야?"

그러자 서윤이는 내 팔을 당겨 귀에 대고 소곤거렸다.

"요한이가 보기 딱하다고 살짝 멍석을 깔아줬지. 그 덕에 도영이가 고백한 거잖아. 너, 근데 정말 몰랐어? 뭐야, 혹시 거절한 거야? 도영이가 중학교 때부터 너 얼마나 좋아했는데. 너도 그런 거 아니었어?"

"……"

"어휴, 네가 정말 저스트 프렌드라면 상관없는데, 그게 아니라면 괜히 자존심 챙기느라 좋은 애 놓치지 마라. 솔직히 도영이 괜찮잖아. 성격도 좋아 얼굴도 좋아, 조신하니 참하고. 뭐, 내 스타일은 아니지만, 이도영 노리는 애가 한둘이 아니라는 거만 명심하고."

어깨를 두드리는 서윤이에게 아무 말도 못했다.

그날 이후로도 도영이는 나를 보지 않았다. 보지 않을 뿐 아니라 말도 섞지 않았다. 내가 다가가면 피하기까지 했다.

그러던 어느 날, 쉬는 시간에 서윤이와 매점에 가는데, 복도에서 다른 반 여자아이들이 도영이를 붙들고 뭔가 이야기하는 모습이 보였다. 순간 마음이 쿵 하고 내려앉았다. 도영이는 무심한 표정으로 고개를 돌리다 나와 눈이 마주쳤다. 나는 입을 삐죽이며 옆에서 킥킥대는 서윤이 팔을 이끌었다.

"보는 사람 심난하니까 얼굴 좀 펴지?"

"아, 내가 뭘!"

피식거리는 서윤이에게 삐죽일 때였다.

"무슨 일인데 윤아 너는 얼굴이 이렇게 구겨졌냐?"

매점 앞에서 만난 요한이가 대뜸 물었다. 그 말에 서윤이가 푸하하 크게 웃음을 터뜨리며 말했다.

"자기 마음을 이제야 깨달은 여인이 고뇌하는 표정이지."

그러자 요한이가 혀를 차며 이러는 거다.

"쯧쯧, 그러게 좀 솔직해지지 그랬어. 도영이가 그 뒤로 얼마나 짠했는지, 내가 다 맘이 아프더라."

서윤이와 요한이가 연신 낄낄거리자 맘이 상한 내가 소리쳤다.

"야! 니들끼리 많이 먹어! 나 먼저 갈 테니까!"

"그래그래, 지금 무슨 입맛이 있겠니. 잘 들어가."

뒤에서 웃음이 터진 서윤이 목소리가 들려왔다.

"으아!"

나는 수돗가로 가서 손을 씻으며 씩씩거렸다. 내 맘이 무언지 나도 잘 모르겠다. 하지만 기분이 좋지 않았다. 나를 외면하는 도영이가 미웠고, 다른 아이들한테 친절한 모습이 보기 싫었다.

"어휴……."

이도영이 뭐라고 내가 이러는 건가 한숨이 나왔다.

어느 저녁, 밥을 먹는데 아빠가 불쑥 입을 열었다.

"윤아야, 네가 도영이 찼다며?"

"켁켁! 무, 무슨 소리야 그게?"

뭐가 그리 재미난지 웃겨 죽겠다는 얼굴로 아빠가 말했다.

"도영이 정도면 괜찮지 않냐? 조신하고 다정하고. 나는 사위 삼으면 딱 좋겠다 생각했는데. 뭐, 네 맘이 그러면 할 수 없고. 우리 딸 눈이 옴팡지게 높은 걸 이제 알았네."

그러자 엄마도 입을 열었다.

"도영이가 너 만난다고 거울을 어찌나 보고 몸단장을 하던지, 나가자마자 도영이네 엄마가 전화했잖아. 드디어 고백하는 것 같다고. 근데 들어와서 방문 닫고 나오질 않았대. 우리끼리는 사돈 맺으면 좋겠다 하긴 했는데, 맘대로 되는 일은 아니니까. 근데 울음소리도 들렸다지?"

밥을 먹는 둥 마는 둥 하고 일어나 방으로 들어왔다.

"이도영 이 녀석은 어떻게 하고 다녔기에 사람들이 다 아는 거야?"

하긴, 그런 점이 도영이의 매력이기는 했다. 겉과 속이 다르지 않은 것. 다정하고, 착하고, 똑똑하지만 허세는 없고, 예의 바르지만 할 말은 다 하는 아이.

"그러고 보면 얼굴도 잘생긴 편이지……. 아, 뭔 소리야!"

도영이와 너무 오래 붙어 있었기 때문일까? 갑자기 이성이라고 생각하자 어색했다. 하지만 도영이가 곁에 없는 것도 상상이 되지 않기는 마찬가지였다. 날마다 혼자 쇼를 하듯 일렁이는 마음은 가라앉지 않았다.

그런데 그렇게 어색해진 사이가 되어서야 깨달았다. 도영이가 누구에게나 친절한 건 아니란 사실을. 그렇게까지 다정했던 건 나에게만 한정된 일이었다는 것도.

"너랑 안 다니니까 선배들까지 고백하고 난리네. 생각 잘 해라."

서윤이와 요한이가 내 어깨를 두드리며 말했다. 숨 막히게 더웠던 한 주가 가고 다시 주말. 아침에 집을 나선 나는 망설임 끝에 도영이네 집 초인종을 눌렀다.

"누구세요?"

헉, 도영이네 엄마나 아빠일 줄 알았는데 도영이였다.

"아, 저, 나, 난데. 윤아."

"알아. 무슨 일이야?"

아직도 나한테 화가 났는지 차가운 목소리였다. 그 서늘함에 갑자기 서운해져 눈물이 날 것 같았다.

"부모님은 어디 가셨어?"

머리가 굳은 것 같더니 정말 그랬는지 엉뚱한 말이 튀어나왔다.

"어제 저녁에 자동차 여행 가셨어. 좀 있으면 오실 거야. 그거 물어보려고 온 거야?"

그 말에 쌓였던 서운함이 터져버렸다. 나는 초인종에 대고 소리쳤다.

"야, 이도영! 너 진짜 이러기야? 나 좋아한다면서 왜 이렇게 매정하게 굴어?"

"……."

"우리가 1, 2년 본 사이도 아니고, 갑자기 그렇게 고백하면 내가 좋다고 넙죽 엎드릴 것 같았어? 내 기분은 생각 안 해? 나 좋아하는

지도 몰랐는데, 우리 사귀었다가 헤어지고 다시 못 보면 어떻게 해? 너는….”

그때 탕 소리와 함께 문이 열렸다.

일이 예상과 다르게 돌아간다는 생각이 들었지만, 나는 씩씩거리며 집으로 들어갔다. 현관문을 열자 뜻밖에 웃고 있는 도영이가 보였다.

“뭐야, 왜 웃어?”

“안 웃었는데.”

“웃었잖아!”

“아닌데.”

능청스럽게 입을 다물고 고개를 흔드는 도영이를 보자니 어이가 없고 허탈해서 나도 모르게 웃음이 나왔다. 나는 웃으면서 울었다. 눈물 콧물 범벅이 된 내 모습은 기억에서 지우고 싶을 만큼 어처구니 없었다.

“너 진짜, 서운하게 나 모른 척하고……. 너 고백도 받았다며? 갑자기 나한테 그래 놓고 생각할 시간도 안 주고…….”

그러자 도영이가 차분한 목소리로 대답했다.

“나 좋아하지 않는다면서. 내 마음, 억지로 강요할 생각은 없었으니까.”

“그렇다고 사람을 그렇게 무시하냐?”

"무시한 거 아닌데?"

"그럼 뭐야. 왜 말도 안 하고 모른 척하고, 우리 집에 오지도 않아?"

"나는 좋아하는 사람이랑 친구 못 하는 사람이니까."

"너 진짜⋯⋯. 그래, 나도 너 좋아. 좋아한다고!"

그 말에 도영이가 씨익 웃었다.

"좋냐? 내가 이렇게까지⋯⋯."

말이 끝나기도 전에 도영이가 불쑥 나를 안았다.

"나도, 알고 있었어. 그런데 네 말로 직접 듣고 싶어서."

순간 가슴이 뛰기 시작했다. 숨이 막힐 정도로 심장이 빠르게 뛰었다. 인정하고 싶지 않았지만, 기분이 좋았다. 그리고 어색하지 않았다. 얼마나 그러고 있었는지 모른다.

"이야! 젊음이 좋긴 좋네!"

갑자기 아빠 목소리가 들렸다. 화들짝 놀란 내가 뒤돌아보니 아빠 혼자가 아니었다. 엄마와 도영이네 부모님까지 와 있었다.

"웬일로 주말 아침 일찍 나가서 안 들어오나 했는데, 우리 딸이 많이 바빴구나."

아빠 말을 엄마가 이어 받았다.

"그래, 도영이 정도면 과분하지. 우리는 찬성이다."

그러자 도영이네 엄마가 말했다.

"윤아 정도면 우리도 감지덕지죠!"

도영이네 아빠는 와인까지 가져와 거들었다.

"그럼 모두 찬성이니 축배나 들까요? 여보, 며칠 전에 재워둔 고기 꺼내도 되지?"

그렇게 아침부터 잔치가 열렸다. 어른들이 이른 점심이네 어쩌네 하며 고기를 굽고 하는 사이에 우리는 슬쩍 빠져나왔다. 그리고 손을 잡고 동네를 걸었다. 별다른 말은 하지 않았다. 그냥 그렇게 함께 걸었다.

그날이 우리가 사귄 첫날이었다. 그러니까 도영이는 우리가 정식으로 사귄 지 두 달이 채 되기 전에 세상을 떠난 것이다.

도영이네 부모님은 형제 없이 일찍 부모님을 잃은 데다 따로 연락할 만한 친척도 없었다. 장례는 우리 식구들이 맡아서 간소하게 치르기로 했다. 부모님은 마땅히 그래야 한다고 생각했고 나 역시 그랬다. 우리는 말 그대로 이웃사촌이었으니까.

할머니와 할아버지도 올라오셨다. 두 분은 크게 슬퍼하시며 눈물을 흘렸다. 이모와 외삼촌 가족들도 찾아왔다. 가까웠던 이웃들, 도영이네 부모님 회사 사람들과 도영이 친구들이 차례로 빈소를 찾았다.

"우진이가 전에 부탁을 한 적이 있어. 납골당에도 같이 다녀왔고. 부모님 모신 곳에 가족들 자리도 마련했다고……."

도영이네 식구들은 모두 계획적인 면이 있었다. 아저씨는 무슨 일이 있을 때를 대비해 일찌감치 아빠에게 부탁을 했다고 한다. 장례를 어떻게 치를지, 그 뒤의 일은 어떡할지 같은 것들에 대해. 어떤 것은 정식 대리인으로 법적인 절차까지 밟은 상태였다. 재산은 사회단체에 기부해 어려운 학생들에게 장학금으로 주고 싶다고 했단다.

유품을 정리하는 업체까지 알아놓은 상태였다. 일찍 혼자가 되었던 도영이네 부모님은 이 모든 일을 미리 다 준비해 놓은 것이다. 아빠는 그렇게 가까웠으면서도 이렇게까지 했을 줄은 몰랐다며 눈물을 흘렸다. 웃으며 걱정 말라고 했던 말들이 이렇게 빨리 현실이 될 줄은 몰랐다고.

도영이네 부모님 뜻을 따라 아빠와 엄마는 묵묵히 남은 일을 처리했다. 도영이네 식구들은 뜨거운 불 속에서 한 줌 재로 남았다. 그 시간은 영원처럼 길었고 찰나처럼 순식간이기도 했다. 블랙홀에 빨려들어간 듯 시간과 공간이 어지럽게 엉켜 방향을 잃었다.

여전히 나는 아무런 느낌이 없었다. 눈물도 나오지 않았다. 도영이가 어디 멀리 가서 천천히 돌아올 것만 같았다. 그래서 도영이 물건은 아무것도 남기지 않았다. 유품 하나라도 갖게 되면 정말, 현실이 될 것 같았으니까.

그해 겨울은 무척 추웠다. 순식간에 영하 20도까지 떨어지는 추위에 몸도 마음도 더욱 움츠러들었다. 학교를 어떻게 다녔는지도 기억나지 않았다. 방학을 하자 나는 집 안에 틀어박혔다.

엄마와 아빠는 그런 나를 그대로 두었다. 이따금 깜깜한 밤에 거실에 앉아 있으면 엄마는 따뜻한 차를 타주었다. 아빠는 식사를 자주 거르는 날 위해 좋아하는 빵을 사다 놓았다. 처음 겪는 깊은 슬픔에 나는 끝도 없이 부풀어 오르는 기분이었다. 잘못 건드리면 터져버릴 것을 부모님도 알고 있었다.

이따금 서윤이와 요한이가 집에 찾아왔다. 장례식장에서 둘은 눈이 퉁퉁 붓도록 울었고 그날 밤새도록 나와 함께했다.

서윤이와 요한이는 번갈아 가며 먹을 것을 샀다. 어느 날은 학교 앞 떡볶이를, 어느 날은 도넛을, 또 어느 날은 매점에서 파는 빵을. 모두 도영이가 좋아했고, 우리가 함께 먹은 것들이었다.

우리는 아무 말 없이 그걸 함께 나누어 먹었다. 난생 처음 겪는 상실과 슬픔을 그렇게 나누었다. 어쩌면 도영이를 보내는 우리만의 의식이었을지도 모른다. 그런 생각을 하던 나는 문득 입을 열었다.

"제삿상에 음식을 올리는 거, 그래서일까? 같이 먹었던 음식 나눠 먹으면서 그 사람을 떠올리라고."

두어 달 만에 처음으로 한 말이었다. 서윤이는 놀라지도 않고 대답했다.

"그럴지도 모르지. 근데 이제 도영이가 좋아했던 게 뭔지 찾기도 힘들어. 거의 다 먹은 것 같아."

그때 요한이가 입을 열었다.

"아! 우리 중학교 때 무전여행 간다고 터미널 갔다가 편의점에서 솜사탕 사먹었잖아. 그거 도영이가 되게 좋아했는데. 사과맛이었나 그랬어."

"다음에는 그거 내가 사다 놓을게."

내 말에 서윤이가 말했다.

"나도 같이 가자. 터미널 간 지도 오래되었는데. 그러고 보니까 요즘에 고속버스 타고 어디 간 적이 없네. 그때 우리 어디 가려다 못 갔지?"

"해남. 도영이가 땅끝마을 가고 싶다고 그랬잖아. 아무튼 그 자식, 은근히 극단적인 데가 있어서. 차비 모자라서 못 갔지, 우리?"

요한이가 말하자 그때 기억이 떠올랐다. 해남을 고집하던 도영이 덕분에 무전여행 겸 가출은 없던 일이 되었고, 우리는 그대로 터미널을 빠져나왔다.

"하하, 맞아. 김새서 그냥 돌아왔잖아. 그 돈으로 피자 먹었을걸?"

"아! 그러고 보니 피자를 빼먹었네. 대박. 그걸 잊다니."

"피자빵으로는 안 되나?"

"야, 그게 그거랑 같냐!"

서윤이와 요한이가 티격태격하는 모습을 오랜만에 보니 나도 모르게 웃음이 나왔다.

"……고마워. 둘 다."

내 말에 잠시 내려앉은 침묵을 깨고 서윤이가 대답했다.

"내가 다 알지는 못하겠지만, 너무 오래 걸리지는 마라. 도영이도, 그러길 바라진 않을 거야."

"······응."

"바람도 좀 덜 차더라, 이제. 겨울 다 지나갔나 봐!"

창문을 바라보던 요한이가 입을 열자 서윤이가 삐죽거리며 말했다.

"그런 애가 동상 걸릴 것 같다고 엄살이냐?"

피식 웃던 나는 일어나 달력을 보았다. 여전히 멈춰 있던 날짜에게 제자리를 찾아 주었다. 어느덧 훌쩍 시간이 흘러가 있었다.

이윽고 다시 봄이 되어 새학기가 시작되었고, 나는 2학년에 올라갔다. 늘 나를 앞서갔던 도영이가 처음으로 뒤쳐진 날이기도 했다. 도영이는 이제 열일곱에 멈춰 있으니, 나는 계속해서 그 애를 앞지르게 될 것이다.

학년이 바뀌면서 요한이와는 다른 반이, 서윤이와는 같은 반이 되었다. 새 학기 첫날 나는 담임선생님과 면담을 했고, 선생님은 나와 서윤이를 짝으로 앉혀 주었다. 복도를 지나갈 때마다 나를 보며 소곤거리는 아이들을 지나쳤다.

하지만 그 시간은 길지 않았다. 바쁜 고등학교 생활은 정신없이 지나갔다. 진로를 결정하고 성적 관리를 해야 하는 건 나도 마찬가지였다. 어느덧 친구들과 떠들며 학교생활을 하고, 텔레비전을 보며 웃는 날이 늘어갔다. 그러다 문득 도영이를 잊고 지낸다는 죄책감이 터져 나와 혼자 울곤 했다.

일상, 웃음 그리고 때때로 눈물. 사람들은 시간이 지나면 나아질 거라고들 했다. 그런데 무엇이 나아진다는 건지 알 수 없었다. 나는 계속해서 도영이를 앞질러 가고 있었다. 이대로 어느 순간 도영이를 잊게 될까. 까맣게 잊어 언젠가는 기억도 나지 않게 될까. 그래도 되는 것일까.

나는 여전히 마지막 메시지에 답을 하지 못한 순간을 되새기고 있었다. 처음이라 서툴러서 그랬다고 한다면 변명이 될까. 별이 쏟아지는 순간에 별이 되어 버린 도영이. 대답 없는 날 원망하던 것은 아니었을까? 누구에게도 말하지 못한 두려움이, 마음 한구석에 여전히 무겁게 자리하고 있었다.

"아우, 더워 죽겠다. 지구 온난화 진짜 심각하네."

서윤이가 투덜거리자 나도 고개를 끄덕였다. 이번 여름은 정말이지 너무 더웠다. 보충을 하느라 등교하는 아침에도 날은 무더웠다. 이러다 녹아 없어질 것 같다며 우리는 웃었다. 나의 일상은 어느덧 대한민국 고등학생의 표준으로 돌아가 있었다. 수학에 약한 이과생의 하루는 더욱 고달팠다.

고2에 올라가면서 이과를 선택하자 선생님은 다시 생각해 보라고 했다. 도영이는 뼛속까지 이과생이었지만 문학을 사랑하는 아이였고, 나는 반대였지만 마음은 과학을 향하고 있었다. 도영이는 그런 나를 늘 지지해 주었다. 서윤이도 요한이도 마찬가지였다. 부모님도 별말 없이 내 뜻을 존중해 주었다.

그럼에도 쉽지는 않았다. 원하는 것을 선택한다고 해서 행복이 보장되지는 않을 것이다. 그래도 나아가고 싶었다. 내 한계가 어디인지 모르지만, 힘이 남아 있을 때까지는 계속.

"너는 그런 점이 정말 멋져."

"같이 있으면 나도 힘이 나."

문득 도영이가 내게 했던 수많은 말들이 모두 애정의 표현이었다는 걸 깨달았다. 늘 곁에 있어 당연하다고 여겼던 것들 모두, 우연이 겹쳐 생긴 특별함이라는 것도. 이도영이란 아이 역시 내게 그랬다는 것까지.

세상이 끝날 것처럼 뜨거웠던 여름의 열기가 조금씩 식어가고 있었다. 시간은 누군가의 장난처럼 길고 짧아지길 반복했다. 학교에 있는 시간은 그리도 더뎠지만, 늦은 밤 잠시 생각에 빠질 때는 무한의 속도로 달려갔다.

그리고 어느덧 그날이 가까워오고 있었다. 시간은 쏜살같이 달려 우리를 다시 그날로 데려가는 중이었다.

"윤아야, 11월 토요일에 갈까? 서윤이랑 요한이도 같이 간다고?"

달력을 살펴보던 아빠가 말하자 나는 고개를 끄덕이며 대답했다.

"응, 요한이는 중간고사 성적표 가져간대. 역대 최고 점수라고 자랑한다며."

그 말에 엄마 아빠가 소리 내어 웃었다.

어느 날 학원에서 공부하는데 엄마한테 메시지를 받았다. 친구 부모님 장례식에 다녀온다며 늦을 거라고 했다. 학원에서 돌아와 어두운 집에 불을 켰다. 씻고 나와 나른해진 나는 거실 소파에 앉아 핸드폰을 들었다. 오늘 하루도 정신없이 많은 소식들이 쏟아지고 있었다. 피곤하다는 생각이 들어 끄려던 순간, 건성으로 움직이던 엄지손가락이 멈추었다.

'우주망원경 케플러, 임무를 다하고 잠들다'

과학 뉴스란에 글귀가 보였다. 별을 찾아 우주를 떠돌며 그 사진을 찍어 지구로 전송해 주던 케플러. 임무 도중 고장이 나 생명이 끝난 듯하다 가까스로 회복했지만, 허블에 비해 별로 유명하지도 않고, 이미 그 후속 주자가 발사되어 관심 밖으로 멀어진 우주망원경.

하지만 여전히 케플러는 별을 찾아다니며 묵묵히 제 할 일을 하고 있었다. 그러다 마침내 연료가 바닥나 잠들게 된 것이다. 도영이는 우여곡절을 겪으며 임무를 다 하면서도 주목받지 못하는 케플러의 투박함이 좋다고 했다. 그 이름을 딴 과학자 케플러처럼, 화려하진 않지만 제 책임을 다 하는 멋진 존재라고. 나 역시 그랬다.

그런데 도영이가 떠난 지 1년이 가까워 올 무렵, 망원경 케플러도 우주 속에 영원히 잠들게 된 것이다. 그 우연을 생각하다가 나도 모르게 피식 웃음이 나왔다.

"이도영, 너하고 케플러는 정말, 운명인가 보다."

나는 자리에서 일어나 창문을 열었다. 늦은 밤 찬 기운이 밀려오자 온몸이 서늘해졌다. 고개를 들어 하늘을 보았다. 아주 드물게 반짝거리는 무언가가 보였다. 케플러는 아닐 것이다. 1억 5000만 킬로미터나 떨어져 있으니 여기서는 보이지 않는다. 하지만 눈에 보이지 않아도 분명히 존재하고 있다.

도영이 너도 그런 걸까. 비록 여기서는 보이지 않지만, 그 너머 어딘가에서 웃고 있을까. 그러면 좋겠다. 내가 볼 수 없어도 네가 웃고 있길, 나는 진심으로 바라고 있어.

그 순간, 나는 도영이를 놓아주기로 했다. 내 슬픔을 핑계로 도영이를 붙들지 않기로 했다. 도영이는 알고 있었다. 내가 자기를 얼마나 좋아하는지. 그 메시지의 답을 어떻게 해야 할지 고민하는 나를 떠올리며 웃고 있었을 것이다. 도영이는 나보다도 더 나를 잘 아는 아이였으니까.

이도영, 내 남자친구. 언제나 열일곱으로 남아 있을 아이. 나는 너를 잊지 않을 거야. 하지만 너를 이곳에 매어 놓지도 않을 거야. 네가 꿈꾸던 별들 속에서 자유롭게 날 수 있도록.

순간 정전이 되었는지 온 세상이 순식간에 어둠에 잠겼다. 낯선 어둠에 적응되자 밤하늘 여기저기 반짝이는 별들이 보였다. 그 빛은 약했지만 각자 제 박자에 맞추어 반짝거렸다. 소리 없는 음악이 들리는 것 같았다.

그 멜로디에 귀 기울이며 나는 하늘에 속삭였다.

"안녕, 케플러."

코끼리새는 밤에 난다

코끼리새 (에피오르니스)

마다가스카르에 살았던 지구에서 가장 큰 새. 키 3미터, 몸무게 600킬로그램이 넘었고, 날개가 퇴화하여 날지 못했다. 화석 연구 결과 눈이 퇴화한 대신 후각이 발달하여 밤에 활동했을 것으로 추정하지만, 정확한 생태는 파악되지 않았다. 16~17세기 사이에 완전히 멸종했다.

"야, 서주은! 너 수학 숙제 했지? 나 좀 보여줘!"
아이들이 아침부터 귀찮게 했다. 특별한 일도 아니었다.
"또 안 했어? 저번이 마지막이라고 했잖아."
"아이, 주은아아."

"진짜 이번이 마지막이야."

"고마워! 역시 너밖에 없어!"

감격했다는 듯 과장된 목소리로 말하는 아이가 한둘이 아니었다.

"주은아, 이거 했어?"

"주은아, 나 몸이 너무 안 좋은데 네가 좀 대신 해주면 안 돼?"

아이들은 급할 때면 늘 나를 찾았다. 숙제, 교과서, 문제집은 물론 가짜 조퇴를 하고 싶을 때나 선생님께 무언가 곤란한 이야기를 해야 할 때에도. 성적도 나쁘지 않은 데다 품행이 방정한 아이라 하여 선생님들도 나를 신뢰했다. 나는 언제나 준비가 되어 있었다. 아이들을 도와줄 준비가.

"주은아, 천 원만 빌려주라. 내일 꼭 줄게!"

"아, 미안. 깜빡했네. 내일은 꼭 줄게!"

가끔은 돈을 빌려가기도 했다. 꼭 준다고 해서 빌려줬는데 못 받은 돈이, 글쎄, 얼마인지 기억나지 않는다. 꼭 받으려고 준 건 아니었으니까 괜찮다.

나, 서주은. 2학년 3반 해결사. 성격 좋은 아이, 아니 외모는 별로지만 성격 좋은 아이. 어릴 땐 뚱뚱하다고 왕따를 당한 적도 있지만 지금은 아니다. 예쁘다는 소린 못 들어도 착하다는 말은 수없이 들었다. 그러다 보니 언제부턴가 선행상은 내 차지였다.

그게 내가 선택한 방법이었고, 나쁘지 않았다. 바로 어제까지는.

생물 시간이었다. 목소리의 높낮이가 없는 선생님의 말소리는 말 그대로 자장가였다. 다른 아이들처럼 나도 어느 순간 꾸벅거리며 졸고 있었다. 그때였다.

"너희들, 코끼리새라고 들어봤니?"

아이들이 하나둘 고개를 들었다.

"사진 본 적 있는데, 그거 합성 아니에요?"

누군가의 말에 웃음소리가 일었다. 모처럼 생기가 도는 교실에 선생님은 들뜬 모습으로 말을 이었다.

"마다가스카르에 살았던 새인데, 덩치가 어마어마했거든. 키는 3미터나 되고 몸무게도 500킬로그램이 넘어서 새 중에 가장 컸지. 마다가스카르에는 육식 동물이 없었어. 그래선지 덩치만 커져서는 새인데도 날지 못했어. 그리고 야행성이었지. 덩치가 그렇게 큰데 눈은 작고 냄새를 잘 맡았거든."

교과서 밖의 이야기가 재미있어서 모처럼 선생님 말에 집중하고 있었다. 여기저기서 킥킥거리는 웃음소리와 소근거리는 소리가 들려왔다. 그때였다.

"덩치 크고 눈 작고, 완전 서주은이잖아?"

"냄새도 잘 맡잖아. 음식 냄새. 크큭."

내 이름이 들리는 순간 온몸이 얼어붙는 것 같았다. 동시에 숨이 막혀왔다.

"야, 너무하는 거 아냐? 그 정도는 아니다, 킥."

익숙한 목소리. 아침에 숙제를 빌려간 그 목소리에 고개를 돌렸다. 나와 눈이 마주친 아이들은 아무 말 없이 슬며시 고개를 돌렸다.

"……새는 물론 그 알도 크고 맛있어서 섬에 살던 사람들도, 나중에 상륙한 사람들도 마구 사냥하다 보니 어느새 멸종이 되었대. 세상에서 가장 컸지만 자기를 지킬 수 없던 새는 그렇게 사라졌어. 아쉽고 슬프지 않니?"

낭만주의자 과학 선생님의 이야기는 반짝하다 시들해졌고, 아이들이 심드렁하게 대답하는 사이 수업 종이 울렸다. 선생님이 책을 챙기고 아이들이 부산하게 움직일 때도 나는 여전히 얼어붙은 채였다. 너무나 잘 아는 느낌. 나는 불안해졌다. 익숙하면서도 불길한 예감이 어느새 스멀스멀 피어올라 마음을 옥죄기 시작했다.

그리고 그 예감은 틀리지 않았다.

왕따는 아니었다. 하지만 원한 적 없는 새 별명이 생겼다. 코끼리새.

대놓고 부르는 아이는 없었다. 하지만 내가 없는 사이에, 내가 듣지 못한다고 여기는 사이에 아이들은 나를 그렇게 불렀다. 한두 명이 재미 삼아 부른 것이 말없는 지지를 얻은 것 같았다. 남의 외모에 왜 그리 관심이 많은 것인지 이해할 수 없었지만 현실이 그랬다.

"야, 코끼리…… 흠, 근데 다음 시간 뭐냐?"

한 아이가 교실에 들어선 나를 흘낏 보더니 말을 돌렸다. 그런 일은 한두 번이 아니었다. 내가 들어서면 말을 돌리거나 말꼬리를 흐리는 일이 점점 잦아졌다. 나는 알면서도 모르는 척했다. 어쩌면 아이들도 알면서 모르는 체하는지 모른다. 내가 눈치챘다는 사실을.

그런데도 나는 여전히 교실의 해결사로, 착한 아이로 남아 있었다. 하지만 점점 교실이 답답해졌다. 자주 숨이 막혔고, 표정 관리를 하는 것도 힘들어지기 시작했다.

점심시간, 급식실에서 배식을 받을 때였다. 입맛이 없어 밥을 퍼주는 조리사 아주머니에게 말했다.

"밥 조금만 주세요."

그러자 아주머니가 말했다.

"아유, 덩치도 큰데 그걸로 되겠어? 더 먹어야지."

그러면서 주걱 한 가득 밥을 더 얹어주자 뒤에서 킥킥거리는 소리가 들렸다. 나는 밥을 거의 먹지 못하고 남겨야 했다. 그 뒤로는 아무 말 없이 주는 대로 받고 그 대부분을 남기곤 했다. 입맛이 점점 없어지고 먹는 양도 줄어갔다.

학교에서 잘 지낸다고 생각할 무렵부터, 나는 체중계에 올라가는 일이 줄어들었다. 한동안은 거들떠보지도 않았다. 그러다 오랜만에 침대 밑에 처박아둔 체중계를 꺼내고 그 위에 올라섰다.

"……."

입맛도 없고 먹는 양도 줄었지만 신기하게도, 아니 슬프게도 체중은 늘 제자리였다. 체중계 앞에서는 시간도 흐르지 않는 모양이었다. 한때 나는 10분마다 몸무게를 재고 먹는 것은 모조리 기록할 만큼 다이어트에 집착했다. 구토를 하기도 했다. 결국 병원에 다니면서 약을 먹고 치료를 받은 뒤에야 그 집착은 떨어져 나갔다. 그 뒤로 학교에서 잘 지내게 되면서 조금씩 마음이 편해졌고 상태는 나아졌다.

그렇게 믿고 안심했는데, 빠르게 뛰는 심장 소리와 함께 전에 내가 겪었던 일들이 짧은 영화처럼 머릿속을 스쳐갔다. 그게 얼마나 고통스러웠는지 그 느낌까지 뒤이어 떠올랐다.

나는 고개를 흔들었다. 다시 그런 짓을 할 수는 없다. 나는 체중계를 상자에 넣고 테이프를 빈틈없이 붙인 뒤 침대 밑으로 다시 밀어넣었다. 그리고 마음을 다잡자고 스스로에게 말했다.

하지만 학교에만 들어서면 어느새 예민해졌다. 동시에 작아지는 느낌이었다. 날이 갈수록 입맛을 잃고 점점 더 먹지 못했다. 그런 내 모습을 눈치챈 사람은 아무도 없었다.

그러다 속까지 더부룩해져 결국 점심을 거르기로 했다. 아이들 눈에 띄고 싶지는 않았다. 어디로 가야 하나 고민하던 나는 도서실로 향했다. 원래 한산한 데다 점심시간이라 더욱 조용했다.

멍하니 엎드렸다 일어나길 반복하던 나는 자료 검색용 컴퓨터로 향했다. 망설이던 손이 인터넷 검색창에 '코끼리새'를 입력하자 수많은 검색 결과가 줄을 이었다. 그 가운데 눈에 띄는 제목이 있었다.

코끼리새는 밤에 난다

날지 못하는 새라고 들었는데, 하며 제목을 클릭했더니 어느 블로그로 연결이 되었다. 거의 버려둔 곳인 듯 글은 달랑 하나밖에 없었다. 나는 제목을 클릭했다. 그러자 짧은 글이 보였다.

지구에 살았던 가장 큰 새. 커다란 새와 그 알은 섬사람들의 먹이가 되었다. 훗날 섬에 상륙한 사람들에게도 쫓기게 되었고, 결국 새는 멸종했다.

마다가스카르에는 천적도 없었다. 코끼리새는 코코넛 같은 걸 실컷 먹으며 행복하게 살았다. 덩치도 크고 무게도 많이 나갔으니 하늘을 나는 것은 당연히 힘든 일이었다. 나는 일이 없다 보니 날개는 자연히 퇴화했고 결국에는 날지 못했다.

하지만 코끼리새는 노력했을지 모른다. 어느새 커진 몸을 띄우기 위해. 해가 떠 있는 동안에는 티내지 않았지만, 누구도 보지 않는 어두운 밤이 되면 날기 위해 애를 썼을지도 모른다. 그러다 땅에서 아주 조금 떠올랐을지 모른다. 다시 하늘로 날아오를 날을 꿈꾸었을지 모른다. 나중에는 자기를 지키기 위해, 자기를 쫓는 인간을 피해 하늘로 날아오르려고 했을지 모른다. 그 속도가 더뎌 결국 인간에게 멸종당했지만.

코끼리새는 밤에 난다. 나도 그렇다. 아무도 보지 않는 밤에만 자유로워진다.

하지만 이제는 해가 떠 있는 동안에도 자유로워지고 싶다.

내가 나를 지킬 것이다.

나는 한참 동안 가만히 그 글을 바라보았다.

딩동댕 딩동……

그때 종소리가 들렸다. 도서실에 온 지 얼마 안 된 것 같았는데 벌써 점심시간이 끝났다. 나는 서둘러 교실로 들어와 부산한 아이들 틈에 섞여 제자리로 돌아갔다.

다음 수업은 영어였다. 넉살 좋은 영어 선생님을 아이들은 좋아했다. 수업에 집중이 되지는 않았지만, 재미있는 선생님 덕분에 내 기분도 조금은 나아지고 있었다.

"다음 지문은 누가 읽어볼까?"

선생님 말에 누군가 소리쳤다.

"서주은이요!"

"주은이? 갑자기 왜?"

그 말에 다시 스멀스멀 불쾌한 느낌이 피어올랐다. 설마 하고 교과서를 보니 'elephant'가 눈에 띄었다. 동시에 아이들이 키득거리는 소리가 들려왔다. 나는 얼어붙은 채 고개를 들지 않았다.

"코끼리새거든요."

이어지는 누군가의 말에 큰 웃음소리가 교실을 휘감았다. 무슨 일인지 영문 모르는 선생님은 고개만 갸웃하다 경쾌한 목소리로 말했다.

"그럼 주은이가 읽어볼까?"

나는 여전히 고개를 숙인 채 자리에서 일어났다.

"코끼리는 세상에서 가장 큰 동물이다. 그래서 인간이 나타나기 전까지 코끼리의 천적은 없었다. 이제 코끼리는 멸종 위기 동물이 되었다. 코끼리의 상아를 노리는 밀렵꾼들과 그것을 소비하는 사람들 때문에 그 수가 급격히 줄고 있기 때문이다. 이 속도라면 곧 멸종될지 모른다……."

아이들의 기대를 깨뜨리듯 나는 차분한 목소리로 지문을 읽었다. 어떤 상황에서 평정심을 유지한다는 건 큰 에너지가 소모된다는 뜻이기도 했다. 처음 겪는 일은 아니었지만, 이렇게 무방비 상태에서 당하는 건 꽤 오랜만이었다. 나는 무너지지 않기 위해 애를 썼다.

그 노력이 아이들의 무언가를 건드린 것일까? 소곤거리던 아이들은 이제 대놓고, 아니 들으라는 듯 그 말을 해대기 시작했다. 물론 내가 들어설 때 말을 돌리거나 말꼬리를 흐리기는 했지만, 아이들은 알고 있었다. 내가 그 말을 확실히 들었다는 사실을, 무슨 뜻인지 알고 있다는 사실을.

한두 명이 시작한 농담은 이제 게임으로 바뀌었다. 다수의 아이들과 겨루는 사람은 나 하나였다. 그것은 시험대이기도 했다. '성격 좋고 착한' 서주은으로 남을 것인지 아닌지. 내 뜻과 상관없이 시작된 일로 나는 갈림길에 서 있었다.

"야, 코끼리새!"

누군가의 그 외침은 남은 시간이 얼마 없다는 걸 깨닫게 해 주었다.

그날 저녁, 나는 침대 밑에 봉해 둔 상자를 뜯고 체중계를 다시 꺼내들었다. 그리고 그 위에 올라가 체중계가 보여주는 숫자를 공책에 옮겨 적었다. 거의 3년 만의 일이었다.

한 아이가 교실에서 나를 보고 '코끼리새'라고 부른 것이 시작이었다. 그것은 내가 들을 수 있는 곳에서 그렇게 불러도 된다는 선언과 같았다. 그러자 많은 아이들이 내 이름 대신 '코끼리새'라고 부르기 시작했다.

그와 함께 체중계에 올라가는 횟수도 점점 늘어났다. 나는 학교 보건실에 몰래 들어가 숫자를 재고 그것을 기록했다. 그러면서도 아이들의 장난스런 악의에 지지 않기 위해 여전히 아무것도 모르는 척했다.

하지만 그런 행동들은 아무것도 해결해 주지 않았다.

"야, 코끼리새! 숙제 좀 보여줘!"

당연하다는 말투와 요구에 나는 웃음기 없는 얼굴로 아무 대답도 하지 않았다. 잠시 흐르는 침묵에 아이는 당황한 것인지 아닌지 알 수 없는 얼굴로 내 팔을 흔들며 말을 이었다.

"보여줘, 보여줘."

나는 표정 없는 얼굴로 입을 열었다.

"저번이 마지막이라고 했잖아. 그리고 앞으로 그렇게 부르지 마."

"뭘?"

해맑은 표정 위로 정말 물음표가 떠올랐다. 그 말이 내게 무슨 뜻이었는지, 내 마음이 어땠는지 정말 하나도 모르는 얼굴이었다. 그제야 나는 깨달았다. 아이들이 정말 별생각 없었다는 것을. 그들에게는 큰 악의 없는, 별생각 없는 농담이었다. 말 그대로 아무 생각이 없었던 것이다. 내 마음에 대한 어떤 것도.

그저 나 혼자서 가슴 한편을 잡아뜯는 아픔을 느끼고 있었다. 작고 허탈한 한숨이 터져나왔다. 나는 다시 입을 열었다.

"나한테 코끼리새라고 하지 말라고."

그러자 아이는 왜 그러냐는 듯 대꾸했다.

"야, 친구끼리 농담 좀 한 거 가지고 왜 그래?"

"뭐? 농담?"

"그래. 그리고 없는 말도 아니잖아. 너 덩치 크고 그러니까……."

"듣는 사람이 싫다잖아! 그리고 니들이 뭔데 남 외모에 이러쿵저러쿵 평가질이야? 내가 너보고 얼굴만 길쭉해서 남들 두 배라고 하면 좋아?"

내 말에 아이는 놀란 눈으로 되물었다.

"야…… 서주은…… 너, 왜 그래?"

그와 동시에 교실 한켠에 있던 아이가 킥 하고 웃음을 터뜨렸다. 나는 그쪽을 바라보며 입을 열었다.

"야, 넌 뭐가 잘났다고 웃어? 네가 시작했지? 넌 남자애가 어깨가 좁아서 가방이 줄줄 흘러내린다고 하면 좋냐?"

그 말에 아이가 벌떡 일어나 소리쳤다.

"뭐! 너 미쳤어?"

"그래, 나 미쳤어. 그러니까 앞으로 나 건드리지 마. 알았어? 다시 한 번 나한테 그렇게 부르면, 진짜 미친 게 뭔지 보여줄 테니까."

그때 다른 아이들이 수군거리는 소리가 들려왔다.

"서주은 이중성 쩌네. 성격 좋은 줄 알았는데 완전 사이코야."

말소리가 들리는 쪽을 바라보자 아이들이 시선을 피했다. 나는 가방을 챙겨 교실을 나섰다. 이제 '코끼리새' 대신 다른 별명이 생기겠지. 미친년이나 이중인격이나.

하지만 아니었다.

뒤로 이어지는 말이 내 귀를 아프게 찔렀다.

"봐, 얼굴값 한다고, 역시 못생긴 것들이 성격도 더러워."

내 말과 행동은 미친 짓도 이중인격도 아니었다. 놀랄 일도 아니었다. 그저 얼굴값을 하는 것이니까. 그러자 허탈한 웃음이 나왔다.

운동장을 가로질러 걸어가는데 뒤에서 선생님이 뭐라고 외치는 소리가 들렸다. 돌아보는 대신 꺼졌던 핸드폰을 켜고는 이어폰을 끼고 음악을 틀었다.

"닥쳐! 닥쳐! 닥치고 내 말 들어!"

오래된 밴드의 오래된 노래가 흘러나왔다. 얼마 만에 듣는 건지 모르겠다. 그 노랫말에, 그동안 내가 하지 못했던 그 말에 마음이 조금 풀어지고 있었다. 동시에 내가 대체 무슨 짓을 저지른 건가 하는 생각에 한숨이 나왔다.

하지만 학교로 돌아가는 대신 학교 앞 버스 정류장에 정차해 있던 버스에 올라탔다. 그때 전화가 걸려왔다는 표시가 떴고 나는 그대로 핸드폰을 껐다. 이어폰을 빼고서 음악을 듣는 대신 차창 밖으로 보이는 풍경을 바라보았다. 거리를 오가는 사람들이 보였다. 나는 전에 했던 것처럼 속으로 생각했다.

'저 사람은 눈이 작고, 저 사람은 입이 크고, 저 사람은……'

그러다 이게 뭐하는 짓인가 한심하다는 생각이 들었다. 남에게 왜 다른 사람 외모에 이러쿵저러쿵이냐고 했지만, 나 역시 똑같은 짓을 하고 있었다. 그렇게 생각하자 가슴이 답답해지고 숨이 막혔다. 나는 급하게 벨을 누르고 버스에서 내렸다. 어느새 해가 저물고 있었다.

낯선 거리에 갑자기 내린 터라 어디로 가야 할지 알 수 없었다. 나는 무작정 걷다가 지하철 역으로 들어갔다. 집으로 가는 지하철에 몸을 싣고 며칠 전 들어갔던 블로그를 다시 검색했다. 여전히 방치된 블로그에는 로그인을 하지 않고도 댓글을 쓸 수 있었다. 나는 망설이다 손가락을 움직였다.

이 글을 보고 안 했던 짓을 했어요. 아니, 못했던인가. 그런데 후회하지 않아요. 잘 지내고 있나요? 그러면 좋겠어요. 저도 그러려고요.

지하철에서 내려 출구를 나올 무렵 핸드폰을 켜자 메시지와 부재중 연락 목록이 떴다. 어디로 먼저 연락해야 하나 고민하다 문득, 내게는 이럴 때 연락할 친구가 하나도 없다는 걸 깨달았다. 집과 학교에서 떨어질 날벼락보다 그 사실이 더욱 뼈아프게 다가왔다.

"우리 반 해결사는 무슨. 성격이 좋기는 개뿔!"

집 앞에 있는 작은 놀이터 그네에 앉아 나는 큰 소리로 외쳤다. 그러자 현실감각이 돌아왔다. 그동안 내가 얼마나 무리했는지, 얼마나 아팠는지 그제야 깨달았다. 나를 찾는 아이들 목소리에 취해 내 마음의 소리는 듣지 못했다는 걸 알았다.

나는 사람들에게 놀림받고 따돌림당하는 게 무서웠다. 사람들은 자기 스스로를 사랑하면 극복할 수 있다고 했지만, 잘되지 않았다. 그런 경험은 과거가 된 후에도 여전히 괴로웠다. 짧든 길든 그 기억은 너무 아파서 되새기고 싶지도 않았다.

그래서 사람들이 싫어하는 모습은 버리고 싶었다. 오늘 다 깨버리기 전까지, 내가 살던 시간은 모두 가짜였을까? 누구나 가면 하나는 쓰고 산다지만, 나를 버리면서까지 쓰는 건 어리석은 일이었다. 아프고 힘든 일이기도 했다. 따돌림당하는 것보다 더, 아팠다.

나는 어둠이 깔린 하늘을 바라보았다. 세상에서 제일 큰 코끼리새가 날고 싶어 버둥거리는 모습이 보이는 것 같았다. 다른 동물에게 보이기 싫어 어두운 밤에만 뒤뚱거리며 애를 썼던 그 모습이.

물론 이것은 그저 상상일 뿐이다. 코끼리새는 그런 적도 없고, 그런 생각도 하지 않았을 것이다. 하지만 사람들에게 제 몸을 주고 알을 빼앗기고 사라져가던 그 마지막 새는 아마, 정말 날고 싶었을 것이다. 살고 싶어 쓸모없어진 날개를 버둥거렸을 것이다.

그 움직임은 큰 도움이 되지 못해 코끼리새는 결국 세상에서 사라졌지만, 그래도 마지막 순간까지 날개를 파닥거려 보았을 것이다. 보지 않았지만 알 수 있었다. 지금 내가 멸종 직전의 그 새 같으니까. 두 발로 땅을 박차자 그네가 떠올랐다.

코끼리새는 그렇게 모두 내주었던 걸 후회했을지 모른다. 하지만 그때 다른 선택지는 없었을 것이다. 그 순간을 살아남기 위해, 앞으로의 일은 생각조차 못했던 코끼리새. 나는 그 새가 어리석다고 여기지 않는다. 당장 지금을 살아내기도 벅찬 느낌을 나도 알고 있으니까.

그 대신 나는 다른 길을 가기로 했다.

나는 계속 발을 굴렀다. 삐걱거리는 소리가 점점 요란해지며 그네는 높이 떠올랐다. 거기서 펄쩍 뛰어내리자 마치 하늘을 나는 듯 귓가에 부응 소리가 들렸다. 하지만 곧 버석, 소리와 함께 모래밭으로 떨어졌다. 모래를 털고 일어나 고개를 드니, 밤하늘에 별들이 환하게 빛나고 있었다.

집으로 돌아가 부모님의 꾸중과 잔소리를 다 듣고, 잘못했다는 말과 다신 그러지 않겠다는 약속을 한 뒤에야 방으로 들어갈 수 있었다. 나는 체중계를 들고 내려가 분리수거 쓰레기통에 넣었다. 몸무게를 적었던 종이도 모두 찢어버렸다. 아주 조금, 속이 시원해졌다.

그리고 책상에 앉아 앞으로 하고 싶은 일의 목록을 적기 시작했다. 거창한 것과 사소한 것을 모두 써 내려갔다. 나중에 프랑스 누드비치에 간다는 것이나 다음 봄 신상 원피스를 입는 것이나 이번 달 안으로 인형 뽑기에 성공하는 것 등등. 그리고 나니 어느새 시간이 훌쩍 지나 있었다. 나는 침대에 누웠다. 잠이 오지 않을 것 같았는데 눈을 뜨니 어느새 아침이었다.

교복을 입고 가만히 거울에 비친 내 모습을 바라보았다. 그리고 집을 나섰다.

버스에서 내리자 가슴이 뛰기 시작했다. 교문에 들어설 즈음부터 평소와 다른 아이들의 눈빛을 느꼈다. 전날 벌여놓은 일이 현실로 다가오는 중이었다. 나는 움츠러든 어깨를 애써 펴고 걸음을 옮겼다.

내가 복도에 들어서자 공기는 더욱 싸늘해졌다. 우리 반 교실 앞에서 나는 잠시 걸음을 멈추고 깊게 숨을 들이마셨다. 그러자 가슴속에 무언가 단단한 것이 올라오는 것 같았다. 그게 뭔지 알 수 없고, 여전히 겁이 나지만 괜찮았다.

나는 굳은 날개를 다시 움직여볼 생각이다. 날 수 있을 때까지.

문틈으로 손을 내밀어 교실 문을 열고 발을 내딛었다. 싸늘한 시선들이 과녁을 향하는 화살처럼 내게로 쏟아졌다. 애써 무시하고 자리에 앉았다. 잠시 긴장했던 교실의 공기는 곧 평소로 돌아갔지만 나만은 예외였다. 들이마시고 내쉬는 숨이 그대로 얼어붙었고, 얼음 띠처럼 나를 둘러싸는 것 같았다. 그 차가움에 얼굴이 시렸다. 그때였다.

"서주은."

고개를 드니 한 아이가 서 있었다. 어제 빠졌던 수업에서 나눠준 프린트를 건네며 아이는 말을 이었다.

"어제 과학이랑 국어 숙제. 그리고 담임이 너 아침에 오면 교무실부터 들르랬어. 나도 지금 교무실 가니까 같이 가."

갑작스럽고 당황스러워서 나는 아무 대꾸도 할 수 없었다. 다른 아이들도 마찬가지였는지, 다들 하던 일을 멈추고 우리 쪽을 보고 있었다. 내가 아무 대답이 없자 아이가 다시 물었다.

"뭐야, 안 가?"

그제야 정신을 차린 내가 대답했다.

"아, 아니. 가자."

조용해진 교실에 의자 끌리는 소리가 울려퍼졌다. 교실을 나서고 함께 복도를 걷던 아이가 다시 입을 열었다.

"아, 저번에 영어 해석한 거 나 좀 가르쳐줄 수 있어? 아무리 봐도 이해가 안 되는데 선생님한테 물어보기는 부담스러워서."

"어, 그래……."

아무렇지도 않은 그 말이 더 어색해진 내가 물었다.

"근데 너, 어제 자리에 없었어?"

"언제? 너 뛰쳐나갔을 때?"

"……응."

"아니, 있었는데. 왜?"

"……괜찮아?"

아이는 걸음을 멈추고는 나를 보며 대답했다.

"틀린 말도 아니잖아. 속 시원하더만. 여태껏 어떻게 참았냐? 아무튼 그 영어 지문에서 내가 이해가 안 되는 건……."

그제야 그 아이의 이름이 떠올랐다. 윤지승. 말을 잇는 지승이 얼굴을 보며 나는 이 순간을 오래 기억하겠다고 다짐했다. 그때, 찌이익 소리를 내며 나를 둘러싼 얼음 띠에 균열이 생겼다. 그리고 순식간에 전체로 퍼지더니 파직 소리를 내며 부서졌다.

나는 그대로 자리에 주저앉았다. 뜨거운 눈물이 볼을 타고 흐르는 게 느껴졌다. 그러자 지승이가 내 어깨에 손을 대며 물었다.

"괜찮아?"

교복 치마에 눈물을 닦고 크게 숨을 들이마셨다. 고개를 돌리니 지승이 얼굴이 보였다. 걱정스런 그 표정에 나는 고개를 끄덕이며 대답했다.

"괜찮아, 잠깐 현기증이 나서."

"은근히 약골이네. 보약이라도 먹어라."

그 말에 웃으며 일어났다. 몇 걸음만 가면 교무실이다. 문득 창문을 보니 햇살이 환했다. 꽃과 나무들이 바람에 흔들렸다.

여름이 다가오고 있었다.

어깨걸이극락조와 함께 춤을!

수민이를 좋아하게 된 건 그때부터였다.

여름에 들어서자 화단에서는 훌쩍 자란 해바라기가 이따금 부는 바람에 흔들렸다.

"반장! 잠시 교무실에 다녀올 테니까 조용히들 시키고 있어!"

체육 선생님이 급한 일로 잠시 운동장을 비우자 아이들은 신이 나서 떠들기 시작했다. 삼삼오오 모여 수다를 떨거나 의미 없는 몸싸움을 하거나 구석에 처박혀 있던 공을 찾아 공놀이를 하면서. 무더위가 시작되기 전 여름의 운동장에서 선생님의 부재는 뜻밖에 받은 선물처럼 즐거웠다.

나도 그 사이에 끼어 소란에 한몫을 하고 있었다. 그때, 저만큼 수민이가 보였다. 천천히 혼자 걷던 수민이는 손으로 그늘을 만들며 하늘을 바라보았다.

"장민우, 받아!"

같이 놀던 윤성이가 낄낄대며 나에게 농구공을 던졌다. 그때였다. 시원한 바람이 크게 불어왔다. 바람에 날리는 머리카락 사이로 수민이 옆얼굴이 보였다. 그 순간 번개라도 맞은 듯 몸이 굳었다. 내 몸의 모든 움직임이 멈춘 느낌이었다. 당연히 윤성이가 던진 공도 받지 못했다.

퍽!

공을 머리에 맞은 나는 그대로 쓰러졌다.

"야! 장민우!"

"민우야!"

윤성이와 다른 아이들이 놀라서 소리치며 달려오는 소리가 들렸다. 하지만 몸을 움직일 수 없었다. 멀리서 수민이가 이쪽을 바라보고 있는 게 보였다. 그 모습을 보자 나도 모르게 미소가 지어졌다.

"야, 이 자식 더위 먹었나, 왜 이래!"

"웃고 있는데? 어디 잘못된 거 아냐?"

웅성거리는 소리와 함께 어둠이 내려앉았다. 눈을 떠보니 보건실 침대였다. 내 쪽으로 다리를 쭉 뻗고 의자에 삐뚜름히 앉은 윤성이 얼굴이 보였다. 윤성이는 나와 눈이 마주치자 벌떡 일어나며 물었다.

"괜찮아? 나 누군지 알아?"

"알아. 이윤성이잖아. 아우, 머리야. 나 오래 잤어?"

"오래는 아니고, 30분쯤? 아까 보건 선생님 나가고 한 10분 지났으니까 그 정도 될 거야."

"그렇구나."

갑자기 윤성이가 버럭 성을 내며 말했다.

"야, 내가 얼마나 놀랐는지 알아? 왜 갑자기 멍 때리고 그래! 너, 진짜 괜찮은 거야? 더위 먹었냐?"

나는 고개를 흔들며 대답했다.

"아니, 진짜 괜찮아."

괜찮다면서도 별다른 설명이 없자 윤성이가 걱정스러운 듯 다시 물었다.

"근데 왜 그래? 머리 아파? 선생님이 머리 아프고 토할 거 같으면 큰 병원 가야 할지 모른댔는데……."

"아니, 괜찮아. 그런데 아무래도 나, 사랑에 빠진 것 같다."

갑작스런 말에 윤성이가 얼굴을 찡그리며 소리쳤다.

"뭐어, 사랑? 너 진짜 머리에 공 맞고 어떻게 된 거 아니냐?"

"아니야, 진짜 멀쩡해. 야, 수민이는 나 보고 놀랐어?"

"누구? 지수민?"

"응."

진지한 얼굴로 고개를 끄덕이는 나를 보고 윤성이가 크게 웃음을 터뜨렸다.

"푸하하, 너, 지수민한테 반한 거야? 아까 운동장에서? 걔랑 작년에도 같은 반이었는데 오늘 갑자기? 진짜 쌩뚱맞네!"

그 말에 나는 머리를 긁적이며 대답했다.

"그러게, 좀 그렇긴 한데, 나도 모르겠어. 아까 갑자기 수민이가 너무 예쁘더라고. 근데 수민이는 진짜 안 놀랐어?"

"야, 이 새끼야. 내가 던진 공에 맞고 너 쓰러졌는데, 지수민 볼 새가 있었겠냐? 뭐, 걔도 놀랐겠지. 반 애들 다 그랬으니까."

"자기 때문에 그런 줄은 모르겠지?"

윤성이가 피식 웃으며 대답했다.

"장민우, 걔는 네가 자길 보고 있는 줄도 몰랐을 거야. 나도 이렇게 어이가 없는데, 걔가 이 얘기 들으면 나보다 더 그러지 않겠냐?"

그 말에 내가 푸욱 한숨을 쉬자 윤성이는 피식 웃으며 물었다.

"그래서 이제 어떻게 할 건데? 사귀자고 고백할 거야?"

"이렇게 갑자기?"

내가 되묻자 윤성이는 진지한 얼굴로 대답했다.

"걔 좋아한다며! 용기 있는 자가 미인을 얻는다는 말, 몰라?"

나는 머리를 한 대 맞은 듯 침대에서 벌떡 일어났다. 미인을 얻는 건 용기 있는 자고, 사나이가 칼을 뽑으면 뭐라도 썰어야 하는 게 세상의 법칙이다. 게다가 지금 이 순간에도 수민이를 노리고 있는 놈들이 있을지 모른다.

"자식! 내가 도와줄게!"

윤성이는 자기만 믿으라며 자신만만하게 말했다.

뭘 어떻게 도와주겠다는 건지는 모르지만 나는 고개를 끄덕였다. 그때 드르륵 소리가 나며 보건 선생님이 들어왔다.

"이놈들, 눈 뜨면 바로 교실로 올라가라니까 거기서 뭐 해?"

"예, 지금 갈게요!"

"장민우! 너 지금 어지러워?"

"아뇨."

내가 고개를 흔들며 대답하자 선생님은 고개를 끄덕이며 말했다.

"아침에도 멀쩡했고 지금도 괜찮으니까 아마 별일 없을 거야. 그래도 혹시 계속 어지럽거나 속이 메스꺼우면 꼭 병원 가라. 알았지?"

"네!"

"점심시간 다 됐으니까 얼른 올라가!"

"헉, 얼른 가자!"

윤성이와 나는 부리나케 보건실을 나섰다. 서둘러 계단을 뛰어올라 교실에 들어서니 반 아이들이 모두 고개를 돌려 우리를 쳐다봤다. 그 속에 수민이가 있었다. 나는 갑자기 심장이 뛰고 얼굴이 뜨거워져 고개를 숙였다.

"아이고, 이게 누구야? 친구 공 맞고 쓰러진 장민우랑 그 곁에서 졸다 수업 땡땡이친 이윤성이 아니신가? 둘 다 앞으로 나와!"

하필 담임 수업 시간이었다. 알고 보니 윤성이도 내 옆에서 졸다가 수업에 못 들어간 모양이었다. 우리는 나란히 무릎 꿇고 앉아 두 팔을 들고 벌을 섰다. 지금 세상에 이런 벌을 주는 건 우리 담임밖에 없을 거다.

입을 삐죽이며 구시렁대는 나와 윤성이를 보고 아이들이 킥킥거리며 웃었다. 수민이도 피식 웃다가 웃음을 삼켰다. 그 모습에 한숨이 절로 나왔다.

"야 임마, 지금 한숨 쉴 사람이 누군데? 시험이 코앞인데 네가 답답하겠니, 내가 답답하겠니?"

"……선생님은 성적만 매기면 되는데 우리가 답답하죠."

윤성이 대답에 아이들이 크게 웃었다. 선생님이 뭐라고 할 찰나에 점심시간 종이 울렸다. 순식간에 교실이 소란스러워졌다. 앞반 뒷반도 마찬가지였다.

선생님이 한숨을 내쉬며 말했다.

"아무튼 입만 살아서. 자자, 수업 끝났으니까 얼른 가서 밥 먹어라. 너희 두 놈은 내가 지켜볼 거야!"

"예이."

선생님이 나가자 윤성이는 벌떡 일어나 말했다.

"야, 우리도 얼른 가자!"

나는 느릿하게 일어나며 수민이를 보았다. 후다닥 뛰쳐나가는 아이들 사이에서 수민이는 침착하고 우아한 몸짓으로 자리에서 일어났다. 그러고는 다른 아이들과 교실을 나섰다.

그 움직임은 마치 영화 필름이 한 컷씩 넘어가는 것처럼 느리게 보였다. 나는 눈을 뗄 수가 없었다. 그때 퍽 소리와 함께 등에 아픔이 느껴졌다.

"아! 왜 때려!"

"야 임마, 얼굴에 구멍 나겠다. 그만 좀 봐, 너 엄청 티 난다니까! 그리고 빨랑 가자. 금요일엔 애들 더 제정신 아닌 거 알잖아. 이러다 밥 못 먹어, 나 배고프다고!"

"아, 알았어."

금요일 급식실은 말 그대로 아수라장이었다. 굶주린 십대들의 위장은 참을성이 많지 않았다. 나는 문득 엄마와 엄마 친구들의 말이 떠올랐다.

"아주 사람이 아니야, 완전 짐승이라니까. 엄청 먹어대. 십대 아들딸 식비만도 어마어마하다, 진짜."

"우리도 그래. 한창 클 때라 그런가 꼭 밑 빠진 독 같다니까. 배고프면 성질도 얼마나 내는지, 내가 엄마인지 사육산지 모르겠어."

"어머머, 진짜 다 똑같나 보네. 우리는 딸 하난데도 그래. 배고플

때 얼마나 예민한지!"

그러면서 엄마와 엄마 친구들은 뭐가 그리 좋은지 호호호 웃었다.

바로 어제까지 나도 그런 모습이었고, 그래서 그 말들이 이해되지 않았다. 하지만 이성을 찾은 지금 눈앞의 아비규환을 보자니 수긍할 수밖에 없었다. 그 소란 속에서도 수민이는 홀로 고고했다.

어깨를 잡아끄는 윤성이에게 끌려가면서도, 밥이 든 식판을 들고 식탁에 앉았을 때도 내 눈은 수민이에게 향해 있었다. 밥이 어디로 들어가는지도 알 수 없었다. 그때였다. 친구들과 이야기하던 수민이가 고개를 들더니 나를 쳐다보았다.

시선이 마주치자 나는 전기가 흐르는 듯 등줄기가 차가워졌다. 머리가 삐죽거렸고 온몸의 털이 다 솟아오르는 것 같았다. 움직일 수도 없어 그저 입을 벌리고 눈만 끔뻑거렸다.

수민이는 다시 친구들과의 대화로 돌아갔지만 나는 보았다. 그 찰나의 순간에 나를 보고 웃는 얼굴을. 너무나도 빨리 지나가 아무도 보지 못했지만, 나만은 확실히 보았다. 그러자 가슴이 두근거리고 심장이 마구 뛰기 시작했다.

"야, 민우 공 맞고 어떻게 된 거 아냐? 왜 밥 먹다 얼굴이 벌게지고 그래? 보는 사람 부담스럽게."

맞은편에 앉은 석진이가 말했다. 그러자 윤성이가 밥을 먹다 말고 입을 열었다.

60

"장민우 오늘부터 좀 그럴 거야. 누구 얼굴 보느라고."

그 말과 동시에 내가 켁켁거리자 석진이와 현준이는 장난기 가득한 눈으로 나를 바라보았다. 석진이와 현준이는 2학년이 되면서 반이 갈렸지만 점심 시간에는 거의 같이 밥을 먹는다.

"장민우, 너 연애하냐?"

석진이가 묻자 나는 강하게 부정하며 고개를 흔들었다. 그러자 윤성이가 숟가락을 내려놓고는 진지한 목소리로 말했다.

"말 한마디도 제대로 못했는데 무슨 연애야. 드디어 모쏠 장민우 인생에 꽃피는 날이 찾아오는 순간인데, 우리가 가만있을 수 있냐?"

"당연히 아니지! 우리가 도와줄게. 근데 누구냐?"

윤성이는 손가락으로 식탁에 이름을 쓰기 시작했다. 그와 동시에 석진이와 현준이는 뭐가 그리 좋은지 "오!" 하면서 즐거워했다. 어째 불길한 예감이 들었다.

현준이가 말했다.

"오케이! 내가 누구야. 여심이라면 나한테 맡겨. 친구 좋다는 게 뭐냐!"

"여심은 무슨, 남심도 모르는 게."

석진이가 삐죽거리자 현준이는 다시 입을 열었다.

"어허! 일단 일어날까? 대업을 이루려면 계책이 필요한 법이지."

식판을 들고 걸어가는 현준이를 보며 석진이가 말했다.

"저거 또 사극놀이 시작이네. 일단 나가자."

석진이와 윤성이가 일어나고 나도 그 뒤를 따랐다. 일어나며 주위를 살피니 수민이가 환하게 웃고 있었다. 그 모습에 나도 웃음이 나왔다. 그러다 누가 볼세라 주위를 살피며 표정을 가다듬고 몸을 돌렸다.

뒤따라가니 먼저 나간 아이들은 운동장 나무 그늘에 자리를 잡고 있었다. 윤성이가 얼른 오라고 소리치는 중이었다. 내가 다가가자마자 현준이가 입을 열었다.

"지수민이라니, 너 의외로 보는 눈 있다? 지수민 은근히 인기 많잖아. 고백도 꽤 여러 번 받았고."

"그래?"

어두운 얼굴로 내가 묻자 윤성이와 석진이는 배를 잡고 웃었다.

"푸하하, 여지껏 누구 좋단 소리 한번 안 하던 놈이 하루 만에 이렇게 되냐. 늦바람이 무섭긴 무섭네!"

초등학교 때부터 가장 친했던 친구라 윤성이는 내 신상의 사소한 것들도 잘 알았다. 지금까지 좋아했던 사람이 몇 명 있던 윤성이와 달리 나는 이성에 별 관심이 없었다. 그러니 이런 내가 나도 낯선 게 사실이었다.

"늦바람이 아니라 금사빠 아니냐? 아니, 어제까지 전혀 관심도 없던 애를 오늘 갑자기 좋아하는 게 가능해?"

석진이가 어이없다는 듯 말하자 현준이가 이렇게 대꾸했다.

"금사빠 기질이 있는 건 분명한데, 사랑에 시간이 문제는 아니잖아. 장민우, 네가 원하는 게 뭐야? 그걸 알아야 대업이든 소업이든 이룰 거 아냐."

"워, 원하는 거?"

내가 침을 꼴깍 삼키며 되묻자 윤성이와 석진이는 또 배를 잡고 웃었다. 현준이는 고개를 흔들고는 내 어깨를 토닥이며 말했다.

"멀리서 바라만 볼 거야? 네가 굳이 플라토닉 러브를 하겠다면 말릴 생각은 없지만 말이지."

"나는 그냥, 같이 영화도 보고 싶고, 공부도 하고 싶고, 친하게 지내고 싶은데……."

그 말에 윤성이와 석진이는 여전히 웃었고, 현준이는 한숨을 쉬며 다시 입을 열었다.

"좋아하는 여자랑 하고 싶은 게 겨우 그거야? 그건 남친이 아니라 남사친이잖아. 지금, ……휴, 아니다. 너 어깨걸이극락조라고 알아?"

"뭔 소리야, 갑자기?"

석진이가 물었다. 그러자 현준이는 안경을 쓰윽 올리며 대답했다.

"무식한 것들. 동물의 세계에서 수컷의 구애는 어쩔 수 없는 본능이고 생태야. 곤충이든 포유류든 그밖의 것이든 수컷은 암컷의 마음을 얻으려고 별짓을 다 한다고. 그중에 최고봉이 어깨걸이극락조인데, 말 그대로 엄청난 구애의 춤을 추지. 진짜 엄청 열심히, 어느 정도냐면, 거의 새의 모습이라고 할 수 없는 모양새로 춤을 춘단 말야. 그런데도 퇴짜를 맞는다고. 결국 암컷의 마음을 얻는 게 누구인지 알아?"

"누, 누군데?"

"가장 멋지고 화려한 춤을 추는 새지!"

나는 또 번개를 맞은 듯 움직일 수 없었다. 급작스럽게 시작된 첫사랑은 순식간에 내 삶을 점령해버렸다. 살면서 '가장 멋지고 화려한'이라는 말을 써본 적도 없었지만, 그 순간에는 내 삶의 목표처럼 느껴졌다.

"그러니까 네 말은, 가장 멋지고 화려한 프로포즈를 해라, 이거야?"

"야, 그럴 돈이 어디 있어? 그래 봤자 용돈 받는 고딩이."

윤성이와 석진이가 동시에 묻자 현준이가 훗 하며 말을 이었다.

"대업을 이루려면 마땅히 대가가 있어야 하지 않겠어? 그리고 명색이 가장 친한 친구가 생애 첫 연애를 시작한다는데, 우리가 가만있을 수 있냐?"

그러자 석진이가 고개를 끄덕이며 말했다.

"그래, 우리가 좀 도와줄게. 민우 네가 우리 도움 필요한 일, 여태 없었는데 모처럼 친구 노릇 좀 해볼까?"

윤성이도 덧붙였다.

"나 세뱃돈 모아둔 거 좀 있어. 그나저나 최대한 빨리, 최대한 멋지게 할 방법을 찾아야겠는데?"

현준이도 다시 입을 열었다.

"무엇보다 최대한 서프라이즈로! 깜짝 놀랄수록 결과는 좋을 거야! 당분간 지수민한테 최대한 차갑게 구는 거 잊지 마. 웃고 싶어도 참고 보고 싶어도 참는 거야, 알았냐?"

나는 입을 굳게 다물고 고개를 끄덕였다. 디데이는 다음주 목요일. 그다음 날이 개교기념일로 사흘간 연속 휴일이다. 프로즈에 성공하면 수민이랑 같이 영화도 보고 놀이공원에도 가기로 계획을 세웠다. 부족한 예산은 윤성이와 현준이, 석진이가 보태겠다고 했다.

"고맙다! 니들은 진짜 친구야!"

계획은 완벽했다.

일단 계획을 세우고 나자 마음이 좀 편해졌다. 물론 수민이에게 차갑게 대하는 것이 영 어색하기는 했지만 말이다. 나는 수민이 쪽을 보지 않으려 애썼고 눈이 마주쳐도 웃지 않았다. 한번은 복도를 지날 때 어깨가 부딪히기도 했다.

"아야!"

수민이가 들고 있던 책과 소지품이 우수수 쏟아졌다. 나는 그 모습을 보고 잠시 마음의 갈등을 했다. 하지만 대업을 위해 눈물을 참으며 돌아섰다. 아마 내 얼굴을 보았다면 수민이는 웃었을지 모른다.

"아오, 저 싸가지. 장민우 얌전하니 괜찮게 봤는데 완전 밉상이네!"

수민이 단짝인 연우가 소리치는 게 들렸지만 돌아보지 않았다. 마음을 숨기기는 어려웠지만 결전의 날을 위해 나는 무던히 애를 썼다.

하지만 집에만 오면 속내를 감출 수 없었다. 수민이와 사귀면 무얼할까 상상만 해도 웃음이 절로 나왔다.

"아침부터 왜 거기서 웃고 있어? 뭐 잘못 먹었냐?"

주말 아침부터 동생 민서가 시비를 걸었다.

"야, 왜 아침부터 시비야?"

"네 얼굴이 시비거든?"

"어휴, 말을 말자. 같은 여자인데 어쩌면 저렇게 다를까."

고개를 절레절레 저으며 혼잣말을 하자 민서가 지지 않고 입을 대꾸했다.

"어휴, 누가 데려갈까 벌써부터 미안하네."

"야!"

내가 소리치자 민서는 혀를 쏙 내밀더니 현관문을 빠져나갔다.

나는 결전의 날을 위해 구체적인 계획을 세웠다.

"프로포즈는 역시 꽃이지. 장미꽃이…… 헐, 뭐가 이렇게 비싸냐!"

자본주의 사회에서 사랑을 하려면 돈이 필요했다. 고등학생이라고 예외는 아니었다. 나는 꽃과 반지 가격을 검색하고 깜짝 놀랐다. 물론 장미를 기르고 반지를 만든 사람들의 수고와 노력을 생각하지 않은 것은 아니었지만, 내 예상을 훌쩍 뛰어넘는 가격이었다.

마치 꿈꾸던 대학교 커트라인과 내 성적표를 비교하는 느낌이랄까. 현실은 쓰라렸다.

　나: 꽃도 반지도 레스토랑도 너무 비싸!

단톡방에 올린 메시지 숫자가 사라지기 무섭게 대화가 시작되었다.

　현준: 야 그 정도는 감수해야지!

　윤성: 너무 비싼 거 말고 적당한 걸로 골라.

　석진: 근데 좀 상투적이지 않아? 장미에 반지라니.

　현준: 구관이 명관이여 이것들아.

　석진: 너 진짜 아재 같은 거 아냐?

대화가 삼천포로 빠지기 전에 다시 메시지를 입력했다.

　나: 목요일 점심시간 운동장?

윤성: 콜! 꽃은 배달시켜. 학교에 들고 갈 순 없잖아.

현준: ㅇㅇ

석진: 너무 조잡한 거 말고 돈 좀 들어도 괜찮은 걸로 골라. 민서한테 물어보든가.

나: 미쳤냐?

계획에 틀이 잡히기 시작했다. 나는 주말 내내 검색에 몰두했다. 사실 나는 잘 모르겠지만, 흔하지 않은 꽃으로 만들었다는 꽃다발을 찾았다. 가격은 셌지만 간신히 감당할 수 있을 정도였다. 반지는 무난하고 심플하지만 있어 보이는 것으로!

자본주의 사회에서 연애는 만만한 게 아니었다. 하지만 나의 계획은 완벽했다. 깜짝 놀라는 반전 로맨스가 될 게 분명했다.

'민우야, 정말 멋지다. 나도 네가 좋아!'

수민이 말이 들리는 것 같았다. 생각만 해도 몸이 찌릿했다. 다른 아이들에게 축하와 환호를 받으며 고백이 성공하면 그 뒤로는 멋진 연애가 시작될 것이다. 남은 학교생활은 즐겁고 행복할 게 분명했다.

수민이와 같은 대학에 가면 또 얼마나 좋을까? 물론 내 성적이 조금 밑이긴 하지만, 그 정도는 노력하면 따라갈 수 있다. 난생 처음 공부에도 의욕이 불타올랐다. 그럼 고등학생 커플로 시작해 CC가 되고 결혼까지 골인? 머릿속으로 고속도로를 달리듯 순식간에 인생 계획이 펼쳐졌다.

공부와 연애를 모두 열심히 해내리라 다짐하며 나는 이어질 주말에 볼 영화와 식당을 예약했다. 대업을 위한 자금이 속속 빠져나가는 것조차 즐거웠다. 모든 준비가 끝이 나고 나는 두 팔을 쭉 펴며 생각했다.

'완벽해!'

나는 여유롭게 기지개를 켜며 웃었다. 이제 고백만 하면 만사 오케이다. 나는 가슴이 뛰었지만 마음을 다잡았다. 모든 즐거움은 그날로 미뤄두기로 했다.

하지만 예상은 빗나갔다. 아니, 빗나간 정도가 아니라 처참히 박살났다.

목요일 점심시간, 나와 윤성이는 밥도 거르고 배달 온 꽃을 받으러 학교 담으로 갔고, 그사이 현준이와 석진이가 수민이를 데리러 갔다. 수민이는 갑작스러운 호출에 긴장했는지 연우를 데리고 왔다. 그리고 어느새 구경하러 모여든 아이들이 우리를 둘러싸고 있었다.

"수민아, 네가 좋아! 나랑 사귀자!"

"오올!!"

아이들의 환호가 터져나왔다. 하지만 수민이의 굳은 얼굴은 펴질 줄 몰랐다. 아니, 점점 더 나빠졌다. 그리고 수민이는 아이들 틈으로 뛰어가 그대로 사라졌다.

"야, 장민우, 너 진짜 최악이다!"

연우가 나에게 소리치며 그 뒤를 따랐다. 거금을 들인 꽃다발은 땅바닥을 구르며 엉망이 되었고, 나는 예상치 못한 결말에 머리가 어지러웠다. 문득 눈앞을 보니 신나게 구경하는 아이들 사이로 당황한 윤성이와 석진이, 그리고 현준이 얼굴이 보였다.

"민우야! 조심해!"

그 소리에 고개를 돌리자마자 무언가 내 얼굴을 강타했다.

퍽!

그렇게 나는 2주 연속, 머리에 공을 맞고 보건실에 실려간 학생이 되었다. 개교 이래 신기록이었단다.

눈을 떠 보니 보건실 천장이 보였다. 당황한 수민이의 눈에 고인 눈물이 떠오르자마자 자리에서 벌떡 일어났다. 수민이 대신 윤성이와 석진이, 현준이가 보였다.

"장민우, 너 자꾸 이렇게 공 맞으면 뇌세포 다 죽는다? 조심해! 수업 시작한 지 한참이니까, 다들 얼른 교실로 돌아가!"

보건 선생님에게 꾸벅 인사를 하고 보건실을 나섰다. 문을 닫자마자 아이들이 나를 잡고 말했다.

"민우야, 미안!"

"지수민이 그렇게 나올지 전혀 몰랐다, 진짜. 일이 그렇게 될 줄은, 나도 미안하다."

석진이와 현준이는 풀 죽은 얼굴이었다. 나는 무슨 소리인지 제대로 이해가 되지 않아서 윤성이를 돌아보았다.

"지수민 조퇴했어. 이연우가 그러는데 엄청 울었대. 우리 넷 다 욕 먹었다. 최악이래. 나도 이럴 줄 몰랐는데, 미안하다."

윤성이가 머리를 긁적이며 사과했다.

"······아냐. 내가 시작한 건데."

"우리가 괜히 너무 들떴나 봐. 너 도와준다고 해놓고 재만 뿌렸어."

세 사람의 기죽은 얼굴을 보자 현실이 실감나기 시작했다. 한숨을 내쉬며 내가 대답했다.

"제일 들뜬 건 나였지. 나는 수민이랑 사귀고 결혼하는 상상까지 했잖아. 내가 등신이다, 휴······."

나는 터덜터덜 발걸음을 옮겼다. 교실에 돌아오니 아이들 눈길이 우리에게 쏠렸다. 연우는 잡아먹을 듯 나를 쏘아봤다. 쉬는 시간에는 교무실로 불려가 담임에게 혼이 났다.

붕 떠 있던 정신은 그날 밤이 되어서야 현실로 돌아오고 있었다. 그때 문이 벌컥 열리며 민서가 소리쳤다.

"야! 너 학교에서 무슨 짓 한 거야?"

"나 오늘 되게 힘들었거든? 시끄럽게 하지 말고 가서 자라, 좀."

"너, 같은 반 여자애한테 운동장에서 고백했다며? 돈이 어디서 났냐? 아니 그보다, 좋아하는 여자한테 그게 무슨 짓일지 생각도 못했어?"

그 말에 나는 눈이 휘둥그레졌다.

"무슨 짓이라니? 그냥, 좋아하니까 사귀고 싶다고 한 건데?"

그러자 민서가 고개를 절레절레 흔들었다.

"이 등신아, 네가 뭐 그렇게 대단한 사람이야? 사귀자고 하면 좋다고 바로 오케이 할 줄 알았어? 멍청인 줄은 알았지만 이 정도일 줄이야. 그렇게 공개적으로 고백하면 그 언니가 진짜 좋아할 것 같았어? 애들이 얼마나 수군대겠냐고! 그 언니는 갑자기 날벼락 맞은 거야, 바보야! 설마 그게 내 혈육일 줄 모르고 친구랑 같이 실컷 욕했는데. 어휴, 내가 얼마나 창피했는지 알아?"

"그게, 그렇게 싫을 일이야?"

정말 몰랐다는 표정으로 묻자 민서는 한숨을 쉬었다. 그러고는 내 맞은편에 앉아 말했다.

"앞으로 좋아하는 여자가 생기면 예의 바르게 행동해. 그리고 다정하게. 괜히 잘난 척하지 말고, 아는 척하지 말고, 허세 부리지 말고. 알았냐? 여자들이 바본 줄 알아? 갑자기 비싼 거 주면 좋다고 받고 사귀게?

　오빠는 멋지게 고백했다고 생각할지 모르지만, 당한 사람 입장에서는 그게 아니라고. 내가 원한 것도 아닌데 남들 입에 오르내리는 게 좋겠어? 넌 대체 여자를 뭐라고 생각하냐? 앞으로는 좋아하는 사람이 생기면 그 사람 입장에서 생각을 좀 해라. 내가 그 언니였으면, 너 진짜 그냥 안 뒀어. 알겠어?"

　말이 끝나자마자 민서는 문을 쾅 닫고 나가버렸다. 민서 말에 머리를 몇 대 맞은 것처럼 어지러웠다. 나는 침대에 털썩 누웠다.

　'그 사람 입장에서 생각을 좀 해라.'

　그 말이 뼈아프게 가슴을 찔렀다. 그러고 보니 수민이가 무얼 좋아하는지 생각해본 적이 없었다. 고백도, 예매한 영화도, 음식도 다 혼자 추측하고 예상한 것들이었다. 정말 좋아한다면, 그 사람 생각이 어떤지 궁금했을 법도 한데 나는 내 감정에만 들떠 전혀 생각하지 못했다.

　그나마 삼 일 연속 연휴를 앞두고 고백한 게 다행이라고 할까? 수민이와 구경하던 아이들의 기억에서 그 순간이 당장 사라지지는 않겠지만, 적어도 바로 다음 날 학교에 가는 것보다는 나았다. 수민이도 아마 그렇게 생각하겠지. 이건 내 예상이 맞을 것이다.

　나는 핸드폰으로 어깨걸이극락조를 검색했다. 멀쩡하게 생긴 새였다. 그런데 구애의 춤을 출 때는 본래 모습을 찾을 수 없을 만큼 달라졌다. 그리고 무척 웃겼다. 그런데 어찌나 열심인지 저절로 응원을 하게 될 정도였다.

하지만 현실은 냉정했다. 수컷이 부르는 소리에 날아와 구애의 춤을 보던 암컷은 금세 포로롱 날아가버렸다. 그러자 수컷은 그대로 멈춰 버렸다. 설명을 보니 암컷은 약 20마리 정도의 구애를 거부하고 나서 짝을 만난다고 한다. 암컷의 수가 적어 그만큼 경쟁이 치열한 것이다. 더 나은 짝을 찾으려는 본능을 누가 나무랄 수 있을까.

그렇게 생각은 하지만 혼자 남은 수컷을 보니 마음이 짠했다. 그런데 동병상련을 느끼기보다는 나와 다른 점이 눈에 들어왔다. 어깨걸이극락조 수컷은 오로지 혼자 힘으로 구애를 했다. 그 떨리는 순간에는 오로지 수컷과 암컷 둘만 있었다. 수컷은 구애를 거절당한 뒤에도 그저 혼자서 그 슬픔을 감당했다.

물론 깊이 고민한 게 아니라 그저 본능에 따라 움직였을 것이다. 하지만 진짜 고백은 다른 겉치레 없이 그저 내 힘으로 자신을 솔직하게 표현하는 것이란 걸 어깨걸이극락조가 보여주었다. 상대를 당황시키지 않는 정중한 고백이라니, 나는 정말 생각도 못한 일이었다.

"그래, 네가 나보다 낫다."

크게 한숨을 내쉬었다.

나는 스스로에게 벌이라도 주듯 삼일 동안 아무것도 하지 않았다. 여전히 미안해하는 친구들에게 괜찮다고 하고 핸드폰도 꺼놓았다.

밥도 먹는 둥 마는 둥 했다. 아무 의욕도 입맛도 없었다. 덕분에 주말에 시킨 피자와 치킨을 민서 혼자 실컷 먹었다. 이런 것도 착한 일에 들어가려나?

그런 나를 보고 부모님은 걱정했지만, 민서의 코웃음 치는 소리가 들려왔다.

"좋아하는 여자한테 차여서 그래. 걱정 안 해도 돼요."

"어쩌다가?"

엄마가 물었다.

"등신이 등신 짓 했지, 뭐. 그 정도로만 알고 있는 게 좋을 거예요."

그러자 이번에는 아빠가 물었다.

"무슨, 나쁜 짓 한 건 아니겠지?"

"에이, 그 정도는 아니고…… 아니지, 어느 한 사람한테는 무지 나쁜 짓이기는 한데, 법을 어기고 그런 건 아니니까 걱정 마세요. 쓴 경험을 했으니 자기도 배운 게 있겠죠."

나는 벌떡 일어나 나가려다 다시 자리에 누웠다. 민서의 말이 마음을 할퀴는 것처럼 아팠지만 틀린 말은 아니었다.

자책과 반성으로 빛을 잃은 연휴가 끝나고 다시 한 주가 시작되었다. 나는 터덜터덜 학교로 들어섰다. 아이들이 어떤 반응을 보일지, 혹여 수민이를 곤란하게 하는 건 아닐지 걱정이 되었다.

아니나 다를까 교실마다 소란이었다. 평소보다 훨씬 부산하고 시끄러웠다. 나는 한숨을 쉬며 교실에 들어섰다. 수민이를 보지 않으려고 바닥만 쳐다보며 자리에 앉았다. 누군가 다가와 내 어깨를 툭 쳤다. 윤성이였다.

"너, 괜찮냐?"

"휴, 안 괜찮으면 어떡해. 근데 아직도 그 일로 이 난리야?"

윤성이는 고개를 가로저으며 입을 열었다.

"너 때문이 아니고 더 큰일이 터졌어."

"뭔데?"

무슨 일이냐는 표정으로 묻자 윤성이가 눈을 동그랗게 뜨며 말했다.

"너 진짜 연휴 내내 아무것도 안 했구나?"

"그게 무슨 소리야?"

"어젯밤부터 난리났어. 선라이즈 제이랑 블루래빗 나비랑 사귄다고 기사 나서."

선라이즈는 지금 가장 인기 많은 남자 아이돌 그룹이다. 민서가 좋아해서 나도 대충은 알고 있다. 제이는 그중에서도 팬이 가장 많았다. 광고부터 영화까지 나오지 않는 데가 없을 정도였다. 그리고 블루래빗도 요즘 인기 많은 걸그룹이다. 윤성이가 인터넷에 뜬 기사를 보여주었다. 현재 제일 인기 많은 아이돌 둘이 사귄다니 기사가 마구 쏟아지고 있었다.

"이게 다행인 건지 뭔지는 모르겠는데, 네 일에 관심 갖는 애들, 이제 없는 것 같아. 워낙 큰 스캔들이 터져서."

순간 안도의 한숨이 터져나왔다. 그러다 문득 궁금해졌다.

"그런데 어떻게 들킨 거래? 몰래 만났을 텐데."

"들킨 게 아니라, 제이가 자기 SNS에 올렸대. 너무 사랑해서 감출 수 없었고, 팬들한테 거짓말하기 싫다고. 이걸 용기 있다고 해야 하냐, 솔직하다고 해야 하냐? 덕분에 나비만 죽어나지 뭐. 소속사에서 아니라고 하는데 그 말이 먹히겠어? 완전 바보 아니냐? 미리 말을 해주던가 갑자기 그러면 자기 여친 입장이 뭐가 돼⋯⋯."

윤성이가 아차 하며 말을 거두자 내가 한숨을 쉬며 말했다.

"남의 일은 이렇게 잘 알겠는데, 왜 내 일이 되니까 몰랐을까? 휴, 윤성아, 나 수민이한테 진짜 못할 짓 한 거 같다."

그러고는 그대로 책상에 엎드렸다.

인기 아이돌의 스캔들은 한동안 쭉 화제였다. 같은 내용이 되풀이되는 기사가 쏟아졌고, 티비에서도 인터넷에서도 계속 소식을 내보냈다. 글을 올린 선라이즈의 제이는 별다른 말이 없었다. 그리고 영화 촬영을 하느라 내내 해외에 있었다. 그러니 사람들의 관심은 걸그룹 멤버 나비에게 쏠렸다. 소속사에서 친한 동료 사이라고 해명했지만 소용없었다.

집요한 사람들의 추적으로 둘이 나눠 낀 듯한 액세서리, 함께 있던 장소 등이 까발려지면서 상황은 점점 나비에게 불리해졌다. 결국 나비는 활동을 중단하며 모습을 감추었다.

소속사에서는 건강상의 이유 때문이라고 했지만 그 말을 믿는 사람은 없었다. 영화 촬영을 마치고 돌아온 제이는 경솔한 행동으로 팬들에게 상처를 입혀 죄송하다는 글을 올렸다. 그 뒤로도 나비는 꽤 오랫동안 활동을 하지 않았다.

나와 상관없는 연예인의 일이지만, 그 일을 보고 있자니 나는 좀 무서웠다. 만약 그 스캔들이 터지지 않았다면, 수민이도 어떤 식으로든 사람들의 입에 오르내렸을 것이다. 아직 고등학교 2학년이니, 졸업할 때까지 무슨 꼬리표가 달릴지 모를 일이다. 그나마 다행이라는 생각이 들었는데 그러자 동시에 나비에게 미안해졌다.

나는 처음으로 블루래빗의 노래를 찾아보았다. 그중 눈에 띄는 노랫말이 있었다.

너라면 너라면 그러지 않겠지
나를 한 번 보고 어떤 사람이라 판단하지는 않겠지
내가 어떤 여자라고 확신하지는 않겠지

너라면 너라면 그러겠지
내 속에 숨은 말과 생각을 찾기 위해 노력하겠지

미처 말하지 못한 꿈을 듣기 위해 애를 쓰겠지

사람들은 말해 너는 이런 여자라고
하지만 나는 대답해 네가 뭘 아냐고

네가 아는 나는 진짜 나일까
뭔가 착각하고 있는 것은 아닐까

너라면 알 거야 알 수 있을 거야
한 사람에게 얼마나 많은 것이 숨어 있는지
사람은 절대 단정 지을 수 없는 신비의 세계라는 걸

블루래빗 노래 중에서는 별로 유명하지 않았지만, 나는 그 노래가 마음에 들었다. 알고 보니 나비가 만든 곡이었다.

드르륵

창문을 여니 밤하늘이 눈에 들어왔다. 여름밤의 습한 기운도 느껴졌다. 별을 찾아보려 했지만 보이지 않았다. 이어폰으로 흘러나오는 노래를 들으며 나는 밤하늘을 올려다보았다.

어두운 하늘을 보고 있자니 눈이 어둠에 적응했고, 그제야 하나둘 별들이 보이기 시작했다. 그때 별똥별 하나가 또르르 하늘을 가르며 떨어졌다. 나는 문득 궁금해졌다.

'나비는 무슨 생각으로 이 노래를 만들었을까? 지금은 무슨 생각을 할까?'

대답 없는 질문들이 밤하늘 위에 펼쳐지고 있었다.

실패한 공개 고백도, 세상을 뜨겁게 달군 스캔들도 녹여버릴 것 같은 여름이 찾아왔다. 역대 최고 더위라는 기록 속에서 여름이 더욱 달아오를 무렵, 방학이 시작되었다. 물론 방학을 해도 보충 수업이 있어 학교에 나가야 했다.

날이 너무 더워서인지 일찍 잠에서 깬 나는 이른 시간에 학교로 향했다. 그 시간 학교는 한산했다.

건물에 들어서니 서늘한 시멘트 기운이 느껴졌다. 조용히 노랫말을 흥얼거리며 계단을 올라갈 때였다. 누군가의 시선이 느껴져 고개를 드니 수민이가 보였다. 나와 눈이 마주친 수민이는 당황한 얼굴이었다. 서둘러 몸을 돌리려다 들고 있던 필통이 떨어져 나에게 굴러왔다.

나는 잠시 망설이다 필통을 줍고 계단을 올라갔다. 그러고는 수민이 얼굴을 보지 않고 필통을 건네며 말했다.

"이거, ……그리고 미안했어. 그때 일."

수민이는 아무 대답이 없었다. 어떻게 해야 할지 몰라 머리를 긁적이던 내가 고개를 들었다. 그러자 눈이 마주친 수민이가 이렇게 말했다.

"잠깐, 얘기 좀 할래?"

뜻밖의 말에 고개를 끄덕이자 수민이가 걸음을 옮겼다. 우리는 옥상으로 갔다.

"아무래도 아래보다는 여기가 나을 것 같아서. 보는 눈도 없고."

"……응."

잠시 침묵이 흐르고 수민이가 먼저 입을 열었다.

"그때, 왜 그런 거야, 나한테?"

"왜냐니……. 너 좋았으니까, 그랬지……."

눈길을 피하며 대답하자 수민이가 피식 웃었다. 그 웃음에 내가 고개를 들자 수민이가 말을 이었다.

"그럼, 진심이었다는 거야? 나는 아주 질 나쁜 장난이라고 생각했거든."

"……내가 연애를 해 본 적이 없어서, 뭘 잘 몰랐어. 먼저 사과해야 했는데, 변명 같지만 말 붙이는 것도 미안해서 그러지 못했어. 정말 미안해."

그러자 수민이가 이렇게 말했다.

"그런 식으로 좋아하는 건 아니지만, 민우 너 괜찮은 애라고 생각하고 있었어. 그런데 갑자기 태도가 이상해진 것 같았거든. 그러다 또 갑자기 공개 고백을 받으니까 많이 혼란스럽고 솔직히 좀 싫었어. 창피하고. 네가 그렇다는 게 아니라 그 상황이 말이야. 그래도 악의

가 없었다니 나도 마음이 좀 풀린다. 그 사과 받을게."

수민이가 내게 웃어 보였다. 나는 착각하지 않고 그 웃음을 있는 그대로 받아들이기로 했다.

"고마워, 사과 받아줘서."

"나 먼저 내려갈게."

수민이가 웃으며 대답했다.

내가 고개를 끄덕이자 수민이가 계단을 내려갔다. 발걸음 소리가 가벼웠다. 그 소리를 들으며 나는 벽에 등을 기댔다. 고개를 드니 파란 하늘에 커다란 뭉게구름이 피어올라 있었다. 나는 조용히 흥얼거리기 시작했다.

"……너라면 알 거야. 알 수 있을 거야. 한 사람에게 얼마나 많은 것이 숨어 있는지. 사람은 절대 단정 지을 수 없는 신비의 세계라는 걸……."

0.99와 1 사이

천재로 사는 건 어떤 기분일까? 나는 천재가 아니니까 알 수 없다. 대신 곁에서 천재를 보며 사는 기분이 어떤 건지는 안다. 그건 조금은 슬프고, 그보다 더 비참하고, 무엇보다 외로운 일이다.

내 동생은 수학 천재다. 천재가 무언지 나는 정확히 알 수 없지만 사람들이 그렇다고 한다. 그리고 이것 하나는 확실하다. 동생은 외로운 천재가 아니라는 것. 외롭게 살다 인정받지 못하고 비참한 죽음을 맞이했던 천재들과는 전혀 다르다. 단란한 가정에서 부모님의 사랑을 받고 있고, 매스컴을 통해 그 능력이 전국에 알려지면서 팬들도 생겼다. 모두 동생의 엄청난 재능을 지지하고 응원하며 그 성장을 지켜보고 있다.

우리 부모님은 바보나 욕심쟁이가 아니다. 돈과 명예 때문에 자식의 삶을 망치는 사람이 아니라는 뜻이다. 이성적이고 온건한 부모님은 동생의 재능을 발견한 순간부터 그 진로를 오랫동안 고민하고 계획을 세웠다. 동생이 자기 세계에 매몰되어 고립된 천재로 자라길 원하지 않았던 것이다.

부모님의 노력으로 동생은 어느 교수님을 만나게 되었고, 대학교 수업을 청강하기 시작했다. 교수님과 일대일로 정기적인 만남도 가졌다. 방송에 나온 것도 그분의 추천이라고 했다. 좋은 분인 것 같다. 나는 한 번도 본 적이 없지만 그런 것 같았다. 다행스러운 일이다.

동생은 수학 천재지만, 아직 여덟 살 어린아이일 뿐이다. 수학 외에는 또래 아이들과 크게 다르지 않았다. 동생은 학교에서 친구들과 수업을 듣고 뛰어놀다 오후가 되면 대학교로 갔다. 엄마가 그 길에 늘 함께한다. 우리 집의 시간은 동생을 중심으로 돌았다. 동생이 초침이요 분침이며 시침이었다. 동생은 시간 그 자체였다.

나는? 나는, 그냥 평범한 고등학생이다. 열 살 어린 동생을 잘 돌봐주고, 부모님의 마음을 헤아리는 속 깊은 첫째. 그게 끝이냐고? 그렇다.

이쯤 되면 내가 다니는 학교나 수상 경력에 대해 궁금해하던 사람들이 당황한 표정으로 '아……' 하며 말문을 닫았다. 그리고 다시는 나에게 질문하지 않았다. 나에 대해 궁금해하지도 않았다. 숱하게 겪은 일이라 나 역시 당황하지 않는다.

우리 부모님은 상식적이고 좋은 분들이다. 나에게도 동생에게만큼 애정을 표현하고, 최대한 할 수 있는 만큼 돌봐주고 있다. 동생과 차별을 받은 기억도 딱히 없다. 아무리 생각해도 화가 날 만큼 큰 차별을 겪은 적은 없었다.

그럼에도 나는 이따금 마음 한구석이 쓸쓸해졌다. 아침마다 내 방문을 지나쳐 동생 방에 먼저 들어간 엄마가 동생에게 애정을 표현하면 마음 어딘가가 질퍽해지는 것 같았다.

물론 엄마는 나에게도 애정 표현을 잊지 않았다. 동생 다음이기는 하지만 한 번도 빼먹은 적이 없었다. 그래서 내가 이런 사소한 것들을 마음에 담고 있는 줄 모를 것이다. 나 역시 이제야 깨달았으니까.

영재들을 다루는 방송에 동생이 나온 뒤부터 내 마음 어딘가가 약해진 것 같았다. 오래된 배관에 누수가 생기는 것처럼. 어쩌면 내 마음의 그릇이 너무 작아서 그런지도 모르겠다.

사람마다 그릇을 갖고 있고, 그 크기에 따라 대인배와 소인배가 나뉜다고 한다. 나는 소심한 소인배는 아니지만 그렇다고 대인배도 아닌 것 같다. 어쩌면 이도 저도 아닌 어정쩡한 중간이라 이름조차 갖지 못한 걸까?

언젠가 동생에게 왜 수학이 좋냐고 물었다. 그러자 동생은 동그래진 눈으로 되물었다.

"그건 너무 추상적인 질문인데?"

당황한 내가 아무 말 없이 눈만 깜빡거리자 동생은 다시 이렇게 말했다.

"나는 수가 좋아. 모든 것은 수에서 태어났으니까. 수는 보이지 않는데 엄청나게 넓고 엄청나게 깊고 또 자유롭잖아! 그리고 1이 제일 좋아! 0이 좋았는데 지금은 1이 더 좋아. 생긴 게 마음에 들어서!"

동생은 천진한 얼굴로 웃으며 말했다. 그 모습에 나도 함께 웃었지만 언뜻 거울에 비친 내 얼굴을 보니 어딘가 일그러진 표정이었다. 그 뒤로 동생에게 그런 질문을 한 적은 없었다.

며칠 전 수학 시간에 선생님이 이런 말을 했다.

"수는 자유롭고 무한하지. 눈앞에 보이지 않지만 분명히 존재하는 신비로운 것이기도 하고. 인류가 수를 찾기까지 얼마나 오랜 시간이 걸렸는지 알면 깜짝 놀랄 거야. 수와 수 사이에 존재하는 끝없는 간격을 생각해 봐도 그래. 우리에겐 0과 1이지만 그 사이에는 무한한 수가 존재하고, 아무리 0.99라 해도 절대 1이 될 수는 없지. 그런데 또 0.9999……처럼 무한대로 이어진다면 결국 1과 같다는 거야. 신기하지 않니?"

그 말은 내 마음 어딘가를 푹 찔렀다. 울컥하는 무언가를 간신히 참았는데, 선생님이 내 이름을 부르며 이렇게 말했다.

"네 동생 대단하더라. 얼마 전에 올라온 글 봤는데, 무슨 소린지 다 이해는 못해도 대단하다는 건 알겠어. 역시 천재는 다르다니까. 그런 동생을 둬서 정말 자랑스럽겠다."

반 아이들의 눈이 나에게 쏠렸다. 모두들 머리 위에 물음표를 달고 있었다. 아무도 입 밖에 내지 않았지만 마음의 소리가 들리는 것 같았다.

'그런데 너는?'

0.99와 1사이에 존재하는 무한한 간격은 좁혀지지 않는다. 그래도 0.99가 자기 뒤로 계속 수를 늘어놓으면 1이 될 수는 있단다. 하지만 그런 일은 수학으로나 증명될 뿐이다. 가상의 세계에서나 그렇다는 말이다.

그 순간, 내가 1을 향해 끝없이 달려가는 0.99라는 걸 깨달았다. 쉬지 않고 발걸음을 움직이지만 그 간격은 좁혀지지 않는다. 앞으로도 절대 좁혀지지 않을 것이다.

어쩌면 그 사이에 늘어선 수들은 내가 감춰온 진심의 발자국일지 모른다는 생각이 들었다. 알러지가 있어서 새우를 못 먹는 나와 달리 새우를 정말 좋아하는 동생. 엄마는 절대 집에서 새우 요리를 하지 않았지만, 이따금 부모님이 동생과 새우 요리를 먹고 온다는 걸 나는 한참 전부터 알고 있었다. 물론 부모님은 내가 안다는 걸 전혀 눈치 채지 못했다. 냄새란 낯선 이에게 더 빨리 느껴지는 것이니까.

하지만 이런 일을 서운해하기에는 너무나 사소하고, 그러기에 나는 이미 많이 자랐다. 부모님과 동생이 외식을 하고 온 날에는 대신 용돈을 받곤 했다. 함께하지 못한 것에 대한 보상인 셈이다. 아직 어린 동생이 너무 먹고 싶어 하고, 나는 먹지 못하고, 나와 시간 맞추기는 힘들고, 그러니 그렇게라도 데리고 가야 하는 게 맞았다.

해산물 요리점에 가서 새우와 함께 다른 음식을 시키면 같이 먹을 수 있지 않을까 하는 말이 입에서 불쑥불쑥 올라오지만 나는 애써 삼키곤 했다. 우리 집이 아주 못사는 건 아니지만 그렇게까지 할 만큼 여유가 있는 것도 아니었다. 모두의 시간을 맞추는 것도 번거로운 일이었다. 나는 그렇게 납득했다.

그렇게 삼킨 수많은 말들, 이해하고 납득했다고 여겼던 일들이 차곡차곡 쌓였던 것일까? 내 발걸음이 설마 그리로 향할 줄은 전혀 눈치채지 못했다. 심지어 나조차도. 나는 언제부터 1을 향해가는 0.99가 된 것일까?

"문예부 들어오는 건 아직 결정 못한 거야? 작문은 언제 낼 거야?"

"……."

"야, 내 말 안 들려?"

"……."

"……너 요즘 진짜 이상해. 그거 알아?"

점심시간에 소은이와 나란히 도서실에 앉아 있을 때였다.

우리 학교 문예부는 나름 긴 역사와 전통을 가진 부서였다. 아무나 들어갈 수도 없었다. 입부하면 글 좀 쓴다는 소릴 들었고, 여러 대회에 나가 상을 받기도 했다. 소은이는 내게 소질이 있다며 문예부에 들어가라고 계속 권하는 중이었다. 자기는 들어가고 싶어도 떨어졌지만, 나라면 단박에 합격이라면서.

그날도 소은이는 그 얘기를 하는 중이었다. 나는 아무 생각 없이 연습장에 볼펜을 끄적이고 있었다. 머릿속에 생각이 가득 차 무엇으로든 풀어내고 싶었다. 그래서 소은이 말도 들리지 않았다. 내가 아무 말이 없자 소은이가 다시 입을 열었다.

"너 요즘 이상하다고!"

"뭐가?"

내가 되묻자 소은이가 짐짓 화가 났다는 듯 이렇게 대답했다.

"진짜 몰라서 물어? 너 요즘, 이상해. 특히 수학 시간 뒤에."

"내가 언제?"

나는 정색하며 물었다.

"동생이 방송에 나오기 전에는 이렇지 않았어. 너도 동생도 변한 건 없잖아. 그런데 왜 자꾸 네가 너를 몰아세우는 거야? 너하고 동생은 서로 다른 걸 좋아해서 가는 길도 다르다고 그랬잖아!"

순간 마음을 들킨 것 같아 창피했던 나는 버럭 소리를 질렀다.

"네가 뭘 알아? 나에 대해 뭘 안다고, 주제넘게 나서지 마!"

"뭐?"

소은이 얼굴이 굳어졌다. 나는 끼이익 시끄러운 의자 소리를 내며 그대로 일어나 도서실을 나왔다. 심장이 빠르게 뛰기 시작했다. 뭐라 설명할 수 없는 감정들이 속을 들쑤시면서 눈물이 날 것 같았다. 소은이에게 화가 난 건 아니었다. 단지 내 자신이 조금, 아니 아주 많이 비참했다.

이제는 솔직하게 말할 수 있었다. 안 그런 척했지만, 내 어린 동생을 끊임없이 의식하고 있다는 걸 그 순간 확실히 깨달았다. 이제 겨우 여덟 살 된, 나보다 열 살이나 어린 아이를 질투하고 있었다는 걸. 그리고 아주 많이 미워한다는 걸.

애써 숨기고 숨겨왔지만 소은이는 내 마음을 눈치챘다. 그러니 다른 사람들이 알게 되는 것도 시간 문제다. 부모님이 이 사실을 알면 나를 얼마나 한심하게 여길까? 동생보다 머리도 좋지 않은데, 속까지 좁다니.

대인배는 못 되지만 소인배는 아니라고 생각했는데 아니었다. 내 속은 너무나 작았다. 소인배 중에서도 소인배일 것이다. 눈에 보이지 않을 만큼 작은 마음을 가진 사람. 어린 동생을 질투나 하는 어리석은 사람. 마음은 그렇게나 좁은데 열등감은 우주만큼 넓은 못난⋯⋯.

나는 계속해서 스스로를 공격할 말을 찾으며 마음을 찔러댔다. 그러다 문득 정신을 차리니 옥상에 올라와 있었다. 푸른 하늘에 하얀 구름이 떠가고 있었다. 눈물이 날 것 같았는데 막상 한 방울도 나오지 않았다. 좁혀지지 않는 간격을 향해 달리며 기나긴 수를 밟아가는 동안 눈물이 다 말라버렸는지도 모르겠다.

그 대신 한숨을 쉬며 난간을 짚고 아래를 바라보았다. 금요일 점심 시간, 주말을 앞둔 아이들은 운동장에 모여 축구를 하고 농구를 하고 여기저기 모여 수다를 떨고 있었다. 고민 하나 없어 보이는 얼굴들에 나는 궁금해졌다.

'다들 무슨 생각을 하며 사는 걸까?'

얼마나 그러고 있었는지 모르겠다. 종소리가 들려 황급히 내려와 교실로 들어섰다. 서둘렀는데도 수업 시간에 늦어 선생님께 주의를 받았다. 뒤돌아 자리로 돌아가려는데 소은이가 보였다. 눈이 마주쳤 지만 소은이는 차가운 눈빛으로 나를 외면했다. 마음이 무겁게 내려 앉았다.

텅 빈 마음으로 수업을 마치고 학원에 갔다가 집에 도착할 즈음이 었다. 핸드폰 진동이 울렸다. 엄마였다.

"여보세요?"

당황하고 다급한 엄마 목소리가 들려왔다.

"응, 엄만데! 우리 아직 제주도야. 어쩌지? 비행기가 연착이 되어 밀리더니 결국 오늘 못 뜬다고 안내 방송이 나왔어."

엄마아빠는 동생을 데리고 제주도에서 열리는 학회에 참석하러 갔 다. 당일치기지만 모처럼 바다를 보고 싶다며 아빠도 회사에 연차를

낸 것이다. 나는 불쑥 화가 치밀었다.

"어쩌긴 뭘 어째요? 못 오는 거잖아요! 평소처럼 알아서 잘 지낼 테니까 내 걱정하는 척하지 말고 셋이서 잘 놀다 와요!"

평소와 다른 나의 반응에 엄마는 당황했을 것이다. 엄마의 미안한 목소리가 뒤를 이었지만 나는 그대로 전화를 끊고 핸드폰을 꺼버렸다. 그리고 어둡고 텅 빈 집에 들어서자마자 큰 소리로 울음을 터뜨렸다. 눈물이 다 말라버렸다는 것도 사실은 거짓말이었다.

밀려 있는 눈물과 하고 싶은 말이 끝없이 대기 중이었다. 그런데도 혼자가 되어서야 그 속내를 내보이는 자신이 싫었다. 남은 건 자존심밖에 없는 초라한 사람처럼 여겨졌다.

한참 눈물을 쏟아낸 나는 옷을 갈아입고 가방을 챙겼다. 시계를 보니 10시가 조금 넘은 시간이었다. 서둘러 집을 나와 택시를 잡았다.

"서울역이요."

"이 시간에 학생 혼자 역에는 왜 가?"

나이 지긋한 기사님이 걱정스럽다는 목소리로 물었다.

"여기 친척 집인데, 엄마가 병원에 입원했다고 연락이 와서요."

눈물 젖은 얼굴에서 천연덕스럽게 거짓말이 나왔다. 그러자 기사님은 어이쿠 하며 속도를 올렸다. 순식간에 역에 도착한 뒤에는 택시비도 깎아 주었다. 감사 인사를 하고 내리려는데 기사님이 이렇게 말했다.

"학생, 너무 걱정 말고 조심히 가."

나는 대답 대신 고개를 끄덕이고 차에서 내렸다. 죄책감과 창피함이 동시에 밀려왔지만 이미 되돌릴 수 없는 일이었다. 어디로 가야 할지 방향을 잃은 발이 제자리에 멈추었다. 문득 고개를 드니 까만 밤하늘이 눈에 들어왔다. 하지만 역 곳곳에 켜진 밝은 불빛에 별은 하나도 보이지 않았다.

언젠가 텔레비전에서 본 외국 드라마가 생각났다. 사람 모습을 한 외계인이 파란 공중전화 박스 모양의 우주선을 타고 지구에 도착했다. 그리고 거기서 만난 한 사람과 친구가 되어 시공간을 초월해 우주를 여행하는 이야기였다. 그때는 어떻게 모든 걸 다 버리고 떠날까 신기했는데 지금은 달랐다.

만약 그런 신비한 존재가 나타나 지금 당장 모든 걸 버리고 우주로 떠나겠냐고 묻는다면 나는 고개를 끄덕일 것이다. 망설임 없이 그곳에 발을 내밀 것이다. 사실은 그런 존재가 찾아오길 어느 때보다 간절하게 바라고 있다.

하지만 그런 일은 일어나지 않는다. 나는 고개를 저으며 그대로 역에 들어갔다. 금요일 밤이라 그런지 예상보다 사람이 많았다. 그 속에서 혼자 방황하던 나는 티켓 발매기로 가 기차표를 끊었다.

어디로 갈까 고민하던 손가락은 의외로 금방 목적지를 찾았다. 늘 가고 싶었지만 동생의 일정 때문에 한 번도 가보지 못한 곳. 버튼을 누르고 지갑을 들여다본 나는 당황했다. 택시비를 내느라 현금이 하나도 없었다.

결국 엄마가 급할 때 쓰라고 준 카드를 긁었다. '정동진'이라고 적힌 기차표가 나왔다. 한 번 쓰고 나니 다음은 더 쉬웠다. 나는 엄마 돈을 실컷 쓰기로 했다. 먼저 역에 있는 패스트푸드점으로 가 햄버거를 사 먹었다. 그리고 편의점에 들러 손에 집히는 걸 다 쓸어담았다. 그리고 카드로 기부할 수 있는 기계를 모두 찾아 카드를 긁었다. 지금쯤 엄마 핸드폰으로 내가 쓴 카드 결제 내역 문자가 하나씩 도착하고 있을 것이다. 속이 조금 시원해졌다.

얼마 뒤 기차가 도착했다. 낯선 길이라 긴장했는데 생각보다 승객이 많았고, 빈자리가 없었다. 나는 지정된 자리를 찾아가 의자에 등을 기대고 앉았다. 늦은 시간에 한참 울고 배를 채운 탓인지 졸음이 밀려왔다. 하지만 잠은 오지 않았다. 창밖으로 스쳐가는 어둠을 바라보며 눈을 감았지만 쉽게 잠들지 못했다.

눈을 떴다 감았다 되풀이하다 겨우 선잠에 들었을 때였다. 갑자기 시끄러운 소리가 들려왔다. 주위를 살피니 대여섯 살 되어 보이는 아이가 혼자 울고 있었다. 의자 옆으로 고개를 내밀어보니 아이 엄마는 더 어린 아기를 품에 안고 있었다. 아이 엄마는 당황한 표정이었고 눈가에 물기가 어려 있었다.

새벽 기차에서 아이의 울음소리는 환영받지 못했다. 여기저기서 한숨 소리와 투덜대는 소리가 들려왔다. 아이 엄마는 이제 건드리기만 하면 울 것 같은 얼굴이 되었다. 나는 자리에서 일어나 걸음을 옮겼다. 내 뒤로 두 번째 칸이라 멀지 않은 자리였다.

"요 앞 두 번째 자리에 앉아 있는데, 잠깐 아이 봐드릴까요?"

아이 엄마는 갑작스런 나의 등장에 당황한 듯 보였지만, 그보다는 반가움이 더 커 보였다. 하지만 낯선 사람에게 선뜻 아이를 맡기기 어렵다는 듯 망설였다. 당연한 일이었다. 나는 다시 입을 열었다.

"정동진 가는 중이거든요. 어디까지 가세요?"

그러자 아이 엄마 얼굴이 금세 환해졌다.

"어, 우리는 그 전에 내려요. 그럼 학생, 정말 미안한데 잠깐 울음만 달래줄래요?"

내 자리와 행선지를 확인한 아이 엄마가 말했다. 나는 고개를 끄덕이며 무릎을 굽혔다. 눈물 젖은 아이의 얼굴이 눈에 들어왔다.

"이름이 뭐야?"

"연준이."

아이가 훌쩍거리며 대답했다.

"몇 살이야?"

"다섯 살."

"그렇구나, 뭐 슬픈 일 있었어?"

아이는 슬며시 엄마를 보더니 고개를 끄덕이며 내 귀에 입을 갖다

대고는 소근거렸다.

"엄마가 나랑은 안 놀아주고 민준이만 봐서 슬펐어."

그 말에 내가 가만히 웃으며 물었다.

"나랑 저쪽에 가서 놀까? 동생이 지금 힘들어서 엄마가 봐주셔야 하나 봐."

아이는 웃으며 고개를 끄덕였다.

내 자리로 아이를 데려오니 맞은편에 있던 할머니가 웃어 보였다. 그 옆 할아버지와 내 옆자리 아주머니는 잠이 깨지 않았다. 나는 아이를 번쩍 들어 무릎에 앉히고 마주보았다.

"지금은 밤이지?"

내가 묻는 말에 아이는 엉뚱한 소리를 했다.

"달님 잘 자요, 알아?"

동생이 좋아했던 그림책이다. 덕분에 나도 숱하게 읽어 아직도 내용을 외울 정도였다.

"응, 옛날에 읽었어. 너, 지금 졸리구나?"

내 물음에 아이는 고개를 가로저었다. 하지만 아이의 눈에는 졸음이 가득했다. 나는 다시 말을 이었다.

"밤에는 해님도 잠자러 가지? 그러니까 우리 조용히 이야기하면서 갈까? 아까처럼 귓속말로 비밀 얘기하면서!"

그 말에 아이가 빙긋 웃으며 내 귀에 입을 갖다댔다. 그 작은 입에서 이런저런 비밀 이야기가 쏟아졌다. 다섯 살 아이는 슬프고 서러웠던 일을 나에게 속닥거렸다.

나도 아이 귀에 대고 조용히 말을 했다. 그러자 아이가 내 얼굴을 보며 환하게 웃었다. 그 뒤로 조금 더 재잘대던 아이 말이 점점 잦아들더니 어느새 새근거리는 숨소리가 들려왔다.

나는 고개를 비스듬히 하며 아이 엄마에게 아이가 잔다고 신호를 보냈다. 그러자 아이 엄마는 안도하는 눈으로 연신 말없는 인사를 보냈다. 규칙적인 숨소리와 따뜻한 입김은 자장가처럼 나를 다시 잠으로 이끌었다.

내 품에서 잠든 아이 덕분에 나는 요 며칠 중에 가장 달게 잠에 빠져들었다. 나를 위로하는 작은 생명의 따스함을 느끼면서. 그러길 얼마나 지났을까? 문득 눈을 뜨니 아이가 배시시 웃으며 나를 보고 있고, 곁에는 아이 엄마가 서 있었다. 엄마 품에 안겨 있던 아기는 잠이 들었는지 조용했다.

"학생, 정말 고마워요. 너무 고마운데 내가 급하게 기차를 타는 바람에 뭐 줄 것도 없고, 연락처라도 알려줄래요? 나중에라도 꼭 보답하고 싶어서 그래요."

그 순간 고마워할 사람은 나라고, 오히려 내가 위로받았다고 말하고 싶었지만 참았다. 그 대신 아이를 내려주며 웃어 보였다.

"아니에요. 저도 심심했는데 좋았어요. 이제 곧 내리셔야 할 텐데

문까지 같이 가 드릴까요?"

"아니에요, 오늘 너무 고마운걸요. 짐은 없고 애 둘만 데리고 온 거라 괜찮아요. 정말, 정말 고마워요."

나는 꾸벅 인사를 하며 아이에게 말했다.

"연준아, 잘 가! 아까 내가 말한 거 잊지 말고."

"응!"

연준이가 웃으며 엄마 손을 잡고 걸어갔다. 그 뒷모습을 보며 나는 혼자 조용히 미소지었다. '너는 소중한 아이야.'라는 말을 다섯 살 아이가 얼마나 잘 이해했는지는 잘 모르겠다. 하지만 그 순간에 아이는 내 말뜻을 분명히 알아들었다.

그 말은 나에게 하는 것이기도 했다.

연준이 뒷모습을 보자 동생이 떠올랐다. 이제 겨우 여덟 살. 천재라고 하지만 세상에 태어난 지 고작 8년밖에 되지 않았다. 자기 몸보다 훨씬 빠르게 자라난 능력에 어쩌면 동생은 당황했을지 모른다. 아직 어리니까 그렇게까지 느끼지 못할 거라고 여겼는데, 어쩌면 내가 틀렸을지도 모르겠다는 생각이 들었다.

동생은 자기보다 두 배 가까이 큰 사람들 사이에서 살아가고 있다. 내가 부모님의 악의 없는 편애를 느끼듯, 동생 역시 의도하지 않은 부담감을 느낄지도 모르겠다. 그리 생각하니 마음 한구석이 저릿해졌다.

열 살이라는 나이 차이 때문에 나는 동생이 자라는 과정을 거의 모두 지켜보았다. 꼬물거리며 사람 같지 않았던 갓난아기 시절부터 두 발로 처음 선 날, 처음 말한 날도 기억한다. 동생은 늘 나와 같이 놀고 싶어 안달하곤 했다. 그게 귀찮았던 것도 사실이다.

그러다 문득 내가 동생에게 다가가기 위해 애쓰는 것처럼, 그 방법을 찾지 못했을 뿐, 동생 역시 그럴지 모르겠다는 생각이 들었다. 0.99와 1이 가까워지려면 0.99가 1로 향하는 수밖에 없다. 수학에 대해 나는 잘 모른다. 하지만 0.99가 무한대로 이어진다면 결국 1과 만난다는 것을 누군가 증명했다. 그 증명을 이해하지는 못해도 나의 노력은 헛되지 않은 것이다.

그때 정동진 도착을 알리는 방송이 들려왔다. 아직 바깥은 깜깜해서 잘 보이지 않았지만, 나는 어느새 목적지에 도착해 있었다. 뜻하지 않았던 곳에 가보는 것도 꽤 괜찮은 일이라는 생각이 들었다. 어디에서 무얼 만날지는 아무도 알 수 없으니까.

나는 기차에서 내리며 바다의 짠내를 들이마셨다. 그리고 사람들 틈에 섞여 바다로 걸음을 옮겼다. 잠시 기다리니 바다 위로 빛이 보이기 시작했다. 그 색이 너무나 화려해서 숨이 막히는 것만 같았다.

바다를 바라보다 주머니 속 휴대폰을 꺼내 전원을 켰다. 그러자 메시지와 부재중 전화 기록이 우수수 쏟아졌다. 다급한 엄마와 다독이는 아빠의 음성, 그리고 동생의 메시지. 나는 그 하나하나를 살펴보다 동생에게 전화를 걸었다.

신호음 소리가 들려왔다. 이른 아침이지만 동생은 받을 것이다. 기대대로 동생 목소리가 들렸다.

"바다 갔다면서? 나도 데리고 가지."

"너는 제주도잖아."

"바다는 택시에서만 봤단 말야. 나도 지금 갈래!"

"그럼 엄마 아빠랑 같이 와. 표가 있을지 모르겠네."

"아, 너무해!"

그 목소리에 나도 모르게 웃음이 터졌다.

"엄마 아빠 아직 잔단 말야."

"알았어, 다음에 같이 오자."

"약속한 거지?"

"응, 약속!"

"헤헤."

"얼른 다시 자고, 엄마 아빠 일어나면 걱정 마시라고 해. 알았지?"

"응."

나는 전화를 끊고 다시 핸드폰을 들었다. 그리고 소은이에게 메시지를 보냈다.

요즘 나 이상했지? 미안해. 어제도 정말 미안.

그러자 바로 답이 왔다.

어이구, 드라마 다 찍었어? 참, 너 문예부 통과했대. 선배한테 연락왔어.

무슨 소리야?

야, 이렇게 멋진 걸 써놓고 숨겼냐? 〈0.99와 1 사이〉 나 보고 울컥했잖아. 너 바로 합격이래. 잘 썼어. 솔직하고. 내가 이래서 너를 좋아하나 봐. 월요일 에 보자!

나는 잠시 멍해졌다 혼자 웃었다. 웃음이 터져나오는 동시에 눈물 이 맺혔다. 아직 내가 알지 못하는 내 모습을 기대해도 될까? 그래도 되는 것일까?

붉은 해는 이제 완전히 바다 위로 떠올랐다. 눈이 부시도록 밝고 따뜻한 빛이 세상을 비추었다. 푸른 바다는 넘실대며 그 빛을 가만히 받아들였다. 그 바다를 보며 나는 조용히 혼잣말을 했다.

"응, 그래도 돼."

시원한 바람이 불어오고 있었다.

힘과 중력, 한밤의 드라이브

한 물체가 다른 물체에 힘을 가하면
그 반대의 방향에서 다른 물체도 같은 힘을 가한다.
– 뉴턴의 제3법칙

"아무튼 엄마랑 진짜 안 맞아!"

내 말에 엄마는 아무런 대꾸도 없었다. 무시당한 기분이었다. 짜증 섞인 한숨을 내쉬며 고개를 들자 하늘이 붉게 물드는 중이었다. 나무 사이로 펼쳐진 도로에 내려앉는 노을이라니, 다른 때라면 아련한 기분으로 바라보았을 것이다.

하지만 지금은 그럴 때가 아니었다. 초겨울 저녁, 산속의 기온은 생각보다 낮았고, 우리에게는 생수 한 병이 전부였다. 자동차 계기판은 기름이 없다는 신호를 보내며 신경질적으로 깜빡이고 있었다. 그걸 바라보며 엄마는 애꿎은 버튼만 이리저리 눌러댔다.

"아, 짜증나!"

나는 차문을 열고 밖으로 나왔다. 그럴 의도는 아니었는데 문이 부서질 듯 큰 소리를 내며 닫혔다. 따지고 보면 엄마 잘못만은 아니었다. 말다툼하느라 그 앞 휴게소를 지나치며 마지막으로 주유할 기회를 놓쳤고, 사실 그 싸움은 내가 시작한 것이기 때문이었다. 그때는 어떻게든 엄마 속을 조금이라도 더 긁고 싶었다.

미안한 마음이 들기도 했지만 나는 애써 고개를 흔들며 털어버렸다. 어찌 됐건 나는 부모의 이혼으로 상처받은 상태니까 그 정도는 괜찮다고 생각했다. 이 여행은 그런 내 기분을 풀어주겠다고 엄마가 계획한 것이었다.

하지만 내 예상대로 시작부터 아주 재미없고 뻔한 여행이 되고 있었다. 그 끝 역시 뻔할 것이다. 숨 막히게 어색한 차 속에서 시간을 보내다 피곤에 쩐 몸과 마음으로 집에 돌아간 다음 크게 싸우거나 말 한마디 안 섞고 며칠 동안 냉랭하겠지. 벌써부터 피곤해졌다.

핸드폰을 눌러 보았지만 아까 잠시 켜졌던 핸드폰은 그 뒤로 배터리가 완전히 떨어졌는지 잠잠했다.

"어휴……."

답답한 마음에 한숨만 나왔다.

지난 주말, 엄마와 아빠의 이혼이 마무리되었다. 서류 정리하는 게 시간이 걸렸을 뿐이지 떨어져 산 지도 이미 5년째 접어들고 있었다. 그전에도 딱히 살가운 딸은 아니었지만, 나는 작정하고 온갖 말로 엄마를 괴롭혔다.

솔직히 그렇게 슬프지는 않았다. 마음 한구석이 좀 이상하긴 했지만 하늘이 무너지는 것 같지는 않았다. 아빠 없는 삶에 이미 적응한 뒤였고, 두 사람이 싸우는 걸 보는 것보다 평온한 지금이 더 좋았던 게 사실이다.

그래서 엄마에게 소리 지르는 내 모습은 어딘가 연극처럼 느껴지기도 했다. 마치 내 속의 내가 몇 명으로 나뉘어 그런 나를 구경하는 것 같았다. 나도 어디까지가 내 진심인지 알 수 없었다. 화를 내는 나, 그걸 구경하는 나, 그런 모습에 놀라는 나, 한구석에서 심드렁한 표정으로 이제 그만하라는 내가 마구 뒤섞여 있는 것 같았다.

중학교 2학년 때, 아빠가 엄마와 크게 다투고 출국한 다음 날 나는 홧김에 친구들에게 부모님이 이혼했다고 말했다. 그 뒤로 아빠는 일 년에 많아야 두 번 정도 한국에 왔고, 그나마도 집에는 들르지도 않았다. 나와 따로 연락하기는 했지만, 엄마와 셋이 만난 건 요 몇 년 동안 한 번도 없었으니 이혼했다는 것이 아주 틀린 말도 아니었다.

엄마는 여전히 차 안에서 몸을 숙이고 영문 모를 씨름을 하는 중이다. 문득 추위가 몰려와 온몸에 오소소 소름이 돋았다. 나는 다시 차 문을 열고 소리쳤다.

"아, 그만하고 보험이나 빨리 불러!"

그러자 엄마가 내 얼굴을 보지도 않고 대답했다.

"이미 불렀어."

그 말에 내가 얼굴을 찌푸리며 되물었다.

"그럼 뭐 하는 거야? 어, 이게 무슨 냄새야?"

엄마는 그제야 몸을 일으키며 말했다.

"유진아, 배고프지? 밥 먹어."

"밥?"

엄마가 뜻밖에 카레밥을 내밀었다. 즉석식품 같았는데 도무지 영 문을 알 수 없었다. 하지만 냄새에 몸이 먼저 반응하며 입에 침이 고 였다. 내가 투덜거리며 밥을 받자 엄마가 피식 웃었다. 순간 자존심 이 상했지만 일단 살아야 자존심도 챙길 수 있다. 그리 생각하며 밥 을 먹기 시작했다.

내가 먹는 모습을 보던 엄마는 뒤늦게 숟가락을 잡았다.

"회사에 친한 직원이 재미있는 거라며 두 개 챙겨줬는데, 여기 두 고 깜빡했어. 이걸 또 이렇게 먹게 될 줄은 몰랐네. 그런데 신기하 지? 저절로 열 반응이 생겨 익는 즉석밥이라니, 세상 진짜 좋아졌다. 출근하면 고맙다고 해야겠어. 생명의 은인이라고."

그 말에 피식 웃음이 나왔지만 내색하지 않았다. 어쨌든 엄마와 나는 그리 가까운 모녀 사이는 아니었으니까. 솔직히 말하면 엄마랑 단둘이서 이렇게 오래 있어 본 적이 없어서 어색했다.

엄마는 밥을 먹으며 "이거 꽤 뜨겁네. 천천히 먹어."라거나 "근사한 데 예약해놨는데, 이게 뭔 일이라니."라는 말들을 늘어놓았다. 나에게 하는 말인 것 같으면서 딱히 나한테 하는 소리는 아닌 것 같은 말들을. 엄마와의 관계는 언제부턴가 이런 식이었다.

아빠가 사업을 핑계로 중국에 가기 전부터 이미 두 사람의 사이는 삐거덕거리고 있었다. 돌이켜보면 우리 가족도 한때는 꽤 단란하고 화목했는데, 언제부터 그렇게 된 건지는 잘 모르겠다.

문득 부모님과 함께 김밥을 말아서 나들이 가거나 사람 북적이는 바닷가에서 서로 몸을 붙이고 일출을 봤던 일들이 떠올랐다. 학교에서 우리 가족에 대해 발표하며 꽤나 자랑스럽고 행복했던 적도 있었다.

아빠는 과학자가 되고 싶었다고 했다. 학문을 연구하며 자기만의 길을 가고 싶었단다. 언젠가 아빠는 불콰해진 얼굴로 술 냄새를 풍기며 말했다.

"유진아, 너 뉴턴의 운동법칙 제1법칙이 뭔지 알아? 그게 바로 관성의 법칙이야. 외부에서 힘을 가하지 않는 한 모든 물체는 자기 상태를 계속 유지하려고 한다! 그러니까, 이대로 쭈욱 가는 거야! 우리 가족은! 서진수! 임유미! 서유진!"

그러자 엄마가 아빠의 등을 손바닥으로 때리며 핀잔을 주었는데 무슨 말인지는 기억나지 않는다. 다만 엄마가 웃고 있던 건 기억이 난다.

엄마는 그때 웃고 있었다. 아빠가 밤늦도록 오지 않자 얼굴을 잔뜩 찡그리고 있었지만, 뒤늦게 들어온 술 취한 아빠가 꽃다발을 내밀며 "임유미, 사랑한다!"를 외치자 "내가 못 살아!" 하면서 아빠를 부축했다. 그 말과 달리 엄마의 얼굴은 행복해 보였다. 자다가 밖으로 나와 비몽사몽하던 나도 확실히 기억할 만큼.

과학 시간에 관성의 법칙을 처음 배웠을 때, 그날 그 풍경이 머릿속으로 스쳐갔다. 하지만 뉴턴의 운동법칙이 무색하게 두 사람의 마음은 빠르게 식었고, 얼마 동안 뜨거운 불화가 이어지다 싸늘한 냉기가 흐르기 시작했다.

관성의 법칙이 공기와 중력이 없는 곳에서나 유지될 수 있는 것처럼, 영원히 변치 않는 사랑도 그런 곳에서나 가능할 것이라는 생각이 들었다. 말하자면 저 우주에서나 말이다.

불행히도 우리는 중력의 영향을 안 받고 살 수 없는 지구인일 뿐이다. 한때 세상 달달하던 두 사람은 뜨겁게 사랑하다 결혼했지만, 그 사랑은 나라는 흔적만 남긴 채 사라져버렸다. 나는 변해버린 부모님 사이가 슬프기보다 사람이 그런 존재라는 게 서글펐다. 그런 생각을 하자 어쩐지 좀 어른이 된 것 같았다.

       •

"다 먹었어?"

엄마 물음에 멍하니 있다가 무심결에 고개를 끄덕였다. 배가 제법 고팠는지 밥은 금세 사라졌고, 곧이어 익숙한 만족감이 밀려왔다. 엄마는 다 먹은 쓰레기를 주섬주섬 비닐봉지에 넣고는 꼭 묶었다. 그러고는 차 문을 열고 나가더니 이렇게 말했다.

"유진아, 차 환기 좀 시키자. 너도 문 열어놓고 나와."

"추운데 무슨 환기야!"

"얘는, 이렇게 좋은 공기 두고 카레 냄새 풀풀 풍기고 있을래? 미세먼지도 없다잖아, 오늘은. 얼른 나와."

나는 좀 버티고 있다가 툴툴거리면서 엄마 뒤를 따랐다. 배가 불러서 그런지 아까보다는 덜 서늘했고, 기분도 괜찮았다. 역시 사람은 일단 배에 뭔가 들어가야 한다고 생각할 때였다.

"아, 노을 멋지다!"

두 팔을 위로 쭉 뻗으며 엄마가 말했다.

"그러네."

그 말에 나도 모르게 대답하면서, 역시 사람은 배가 불러야 너그러워진다고 다시금 생각했다. 국어 시간에 배웠던 '곳간에서 인심 난다'는 옛말은 진리였다. 하지만 곧이어 찾아오는 서늘한 기운에 먼저 현실로 돌아온 내가 물었다.

"보험회사에서 뭐래?"

노을을 감상하던 엄마가 이제는 스트레칭을 하고 있었다. 허리를 숙였다 폈다 하면서 몸을 위아래로 쭉쭉 늘리는 중이었다.

"주말이고, 한적한 곳이라 좀 늦을 거래. 천천히 오라고 했어. 밥도 먹었겠다 급할 거 없잖아."

"하, 기름 떨어져서 산속에 갇혔는데 왜 그렇게 여유가 넘쳐?"

그러거나 말거나 엄마는 급한 내색이 없었다. 공기가 달다며, 이런 곳에서 살고 싶다며, 내 말은 듣는 건지 마는 건지 평온해 보이기까지 했다. 다시 마음이 팍 상해버렸다.

"엄마!"

"아이고, 나 귀 안 먹었어. 왜 그렇게 소리를 질러? 너는 힘도 안 드니?"

심드렁한 대꾸에 더 속이 상한 내가 한숨을 쉬며 말했다.

"아무튼, 진짜 안 맞는다니까 엄마랑."

그러자 엄마가 이러는 거다.

"그거야 네 생각이지. 엄마 요 근처 좀 돌고 올게. 공기도 좋고 차도 없고, 너무 좋다."

그러더니 나를 뒤로 하고서는 가벼운 걸음으로 걸어갔다. 나는 입을 턱 벌리고 그 모습을 바라만 보았다. 날은 어두워지고, 바람은 차갑고, 기름은 떨어져 꼼짝없이 발이 묶였다는 걸 엄마는 기억이나 하는 걸까? 하지만 엄마는 이미 멀어지고 있었다.

나는 환기한다고 열어놓은 운전석 문을 쾅 소리가 나도록 힘껏 밀어 닫았다. 그러고는 다시 조수석에 앉았다. 옆자리에 놓인 엄마 핸드폰이 눈에 들어왔다.

"뭐야, 핸드폰도 놓고 간 거야?"

화면에 뜬 시간을 보다 문득 엄마가 이걸 왜 놓고 갔는지 의아해졌다. 갑자기 불안함이 일었다. 앞을 보니 어느새 도로는 어둑해졌고, 엄마 모습은 보이지 않았다.

다시 문을 열고 차에서 내렸지만 뭘 해야 할지 알 수 없었다. 엄마를 찾아나서야 하는 건지, 아니면 이대로 있어야 하는 건지 판단이 서지 않았다. 아니, 아무 생각도 떠오르지 않았다. 낯선 도로에 혼자 버려진 느낌이었다.

앞으로 천천히 몇 걸음 가다 보니 어쩌면 정말 그런 것일지 모른다는 생각이 들었다. 이대로 엄마가 오지 않는다면? 그럼 나는 어떻게 해야 하지? 순간 마음이 서늘해지며 오싹한 기분이 들었다. 나는 거의 뛰다시피 빠르게 걷기 시작했다.

그때였다.

부스럭.

"엄마야!"

도로 옆 숲길에서 뭔가 부스럭거리자 놀란 내가 소리쳤다. 어린 토끼가 어둠 속에 멈춰 있었다. 그쪽도 나를 보고 놀란 것 같았다. 왠지 미안한 마음에 나는 천천히 뒤로 걸음을 옮기며 조용히 입을 열었다.

"너도 나 때문에 놀랐니?"

그게 효과가 있었는지 그 작은 토끼도 조금씩 다시 움직이기 시작했다. 아마 도로를 건너려고 한 것 같았다. 아직 어린 것 같은데 왜 혼자일까? 그전에는 숲속을 자유롭게 돌아다녔을 텐데, 도로가 난 뒤로 동물들에게는 많은 위험이 생겼을 터였다. 혹시 그러다 어미를 잃은 것은 아닐까? 또다시 미안해진 나는 계속해서 차를 향해 뒷걸음을 했다.

어느새 차에 가까워졌고, 내가 충분히 멀어졌다고 여겼는지 어둠 속에서 작은 토끼가 빠르게 달려갔다. 자기 걱정 따윈 할 필요 없다는 듯 바람처럼 순식간에.

그 모습을 물끄러미 바라보던 나는 몸을 떨며 차 안으로 들어왔다. 주위는 더욱 어두워졌고 엄마는 여전히 보이지 않았다. 그러자 이제는 화가 치밀었다. 굳이 이런 곳까지 데려와서 왜 이 고생을 시키느냐고 따지고 싶었다.

아빠와 이혼이 마무리되자 엄마는 내 눈치를 보는 것 같았다. 드러내고는 아니었지만 미묘하게 떨리는 눈빛과 목소리, 머뭇대는 몸짓이 그랬다. 그게 오히려 더 신경을 건드렸다.

아빠를 생각하면 중학교 졸업식이 가장 먼저 떠오른다. 온다는 말을 믿지 않았는데, 거듭해서 꼭 올 거라는 말에 조금은 기대를 했다.

하지만 아빠는 결국 나타나지 않았다. 며칠 뒤에 아무 일 없다는 듯 안부 메시지와 함께 통장으로 용돈이 들어왔을 뿐이다.

중학교 마지막 날에 홀로 나타난 엄마는 어딘가 서먹해 보였다. 어색하게 웃던 엄마는 쭈뼛거리며 나와 둘이 사진을 찍었고, 급하게 회사로 돌아갔다. 그날 엄마가 퇴근하기 전 텅 빈 집에서 나는 소리 내어 한참을 울었다.

다음 날 새벽, 목마름에 깨서 나왔을 때 불 꺼진 방문 틈으로 흘러나오는 엄마의 울음소리를 들었다. 엄마도 나처럼 한참을 혼자서 울었다. 그 울음소리가 그칠 때까지 기다린 뒤에야 다시 내 방으로 들어왔다. 그 뒤로 나는 운 적이 없다. 놀랄 일도 슬플 일도 없이 만사가 뻔하게만 느껴졌다.

아빠가 떠난 뒤로 엄마는 더욱 바빠졌다. 밥 먹듯 야근이 이어졌고, 얼굴 마주 볼 새도 없이 아침 일찍 출근을 했다. 아침에 일어나면 짧은 메모와 아침상만 남아 있었다. 사실 나는 아침을 먹지 않아서 그걸 치우는 게 더 귀찮은 일이었다.

그런데도 왜 말하지 않았을까? 나는 스스로에게 물었다. 매번 투덜대며 상을 치우고 설거지를 하면서도, 왜 엄마에게 한 번도 그냥 가라고 하지 않았느냐고. 바쁜 와중에 아침밥을 차리는 엄마도, 먹지 않은 음식을 그대로 치워야 하는 나도 고생인데, 왜 그걸 꾸역꾸역 해왔느냐고.

눈을 돌리니 엄마가 쓰레기를 모아 넣은 비닐봉투가 보였다. 엄마와 함께 밥을 먹고 그렇게 만족감을 느껴보기는 오랜만이었다. 요 몇 년 중 가장 즐거운 식사였을 것이다. 별 의미 없이 차 속에 쑤셔둔 즉석밥일 뿐이지만, 정말 그랬다.

엄마 자리에 놓인 핸드폰을 다시 눌렀다. 고작 15분 정도의 시간이 지났을 뿐이었다. 갑자기 허탈해졌다. 한 시간도 더 넘은 줄 알았는데 고작 15분이라니, 헛웃음이 터져나왔다.

그때였다. 저 앞에서 누군가 다가오는 게 보였다. 환한 달빛이 엄마를 비추고 있었다. 그 모습을 보자마자 나는 차 문을 열고 밖으로 나왔다.

"엄마!"

내 외침을 들었는지 엄마가 높이 든 손을 흔드는 게 보였다. 그 순간 스스로도 놀랄 만큼 반가움에 가슴이 벅차올랐다. 그리고 전혀 예상하지 못했던 감정은 잊고 있었던 그날의 기억을 떠올리게 만들었다.

졸업식 날 나는 사실, 괜찮다는 말을 하고 싶었다. 나는 괜찮다고, 엄마가 와서 기쁘다고, 그저 그 말을 하고 싶었다.

엄마는 나를 향해 달려오는 중이었다. "유진아!" 하고 내 이름을 부르며 달려오고 있었다. 이윽고 내게 도착한 엄마가 숨을 헐떡이며 입을 열었다.

"헉헉, 아이고, 엄마 안 와서 놀랐지? 길이 예뻐서 계속 가다 보니까 저 앞까지 간 거 있지. 어째 같은 거리인데 오는 게 더 힘드네. 힘을 써서 그런가. 에구, 미안해, 유진아⋯⋯."

엄마 말에 나는 고개를 흔들며 말했다.

"아니야, 잘 왔어, 잘⋯⋯."

엄마는 두 손으로 내 얼굴을 어루만졌다.

"많이 놀랐지? 미안해, 이런 산속에서⋯⋯."

내가 고개를 가로저으며 대답했다.

"나 괜찮아. 그리고 엄마."

"응?"

"나, 아침 안 먹어. 소화도 안 되고 다른 데 가서도 거의 먹은 적 없어. 그러니까 아침 차리지 마."

갑작스러운 말에 엄마는 놀랐는지 당황했는지 잠시 말이 없다가 입을 열었다.

"춥지? 감기 들라. 차에 들어가자."

엄마가 차 문을 열고 나를 들여보냈다. 차로 들어온 엄마는 연신 두 손을 싹싹 비비고 입김을 불며 따뜻해진 손을 내 얼굴에 대주었다. 나는 그 손을 잡으며 말했다.

"내 얼굴 차가운데."

그러자 엄마가 가만히 웃으며 대답했다.

"이렇게 하면 네 얼굴에도 열이 돌아서 엄마 손도 따뜻해지니까 괜찮아. 세상에 일방적인 건 없어."

그 말이 나를 다시 그날로 데려갔다. 술에 취해 관성의 법칙을 부르짖는 아빠를, 애정 어린 손길로 부축하며 엄마가 했던 말이 비로소 떠오른 것이다.

"난 3법칙이 좋더라. 작용반작용의 법칙. 세상만사 일방적인 건 없다고. 그러니 내일 두고 보자, 알았어? 이 철없는 이과생아!"

중력에 둘러싸인 이 지구에서, 아빠는 우리를 떠나 계속 앞으로 나아가는 중이었다. 어디로 향하는지 나는 모른다. 사실, 그다지 상관없다는 생각이다. 나 역시 아빠가 알지 못하는 곳으로 향해 가고 있으니까.

"엄마, 그거 기억나? 아빠는 관성의 법칙을 좋아하고 엄마는 작용반작용이 좋다고 했던 거."

무슨 소리냐는 듯 고개를 갸웃하던 엄마가 웃음을 터뜨렸다.

"아빠 술 취했던 날? 그걸 기억하고 있었어……? 너희 아빤 대학 때부터 그 소릴 했어. 그게 좋았던 적도 있고. 그래, 좋았던 적이 있었어. 지금은 아니라고 해서, 그것까지 없던 일로 하고 싶지는 않네……."

먼눈을 하고서 무언가 생각하는 엄마에게 물었다.

"엄마는 그게 왜 좋았는데? 1,2,3 중에 3번이면 좀 떨어지는 거 아니야?"

그러자 엄마가 피식 웃으며 대답했다.

"그냥, 뜻이 좋잖아. 서로 영향을 주고받는다는 말이 살다 보니 정말 맞구나 싶기도 하고. 뭐, 세상일이야 물리법칙처럼 정확히 측정할 수는 없지만……. 재미 삼아 준 즉석밥이 위급한 상황에 비상식량이 될 줄 누가 알았겠어. 월요일에 회사 가면 더 맛있는 거 사줘야겠다. 그럼 또 돌고 돌아서 언젠가 다른 무언가로 오기도 할 테지……."

주절주절 말을 잇는 엄마에게 내가 다시 물었다.

"안 오면?"

그 말에 엄마가 훗 하고 웃었다.

"안 오면 마는 거지 뭐. 그런 거 다 계산하고 어떻게 사니?"

"엄만, 아빠 안 미워?"

갑작스런 물음에 엄마는 잠시 말이 없었다.

"유진아."

"응?"

"뉴턴 알지?"

"갑자기 뭔 소리야? 알긴 알지. 잘은 모르지만. 뉴턴이 왜?"

"그 사람, 진짜 천재였고 엄청난 과학자였잖아. 놀라운 법칙도 많이 발견하고 남들이 모르는 것도 계산하고……. 그런데 그런 천재도 사람에 대해서는 잘 알지 못했어."

"무슨 뜻이야?"

"그러게, 나도 무슨 소리 하는 건지 모르겠지만, 말하자면, 관성의 법칙도 진공 상태에서나 계속되지 이 지구에서는 힘들고, 그 천재도 사람은…… 어?"

뒷말을 잘라먹은 엄마가 소리치자 나도 고개를 돌려 앞을 보았다. 저 멀리 불빛이 보였다. 어둠을 밝히는 그 빛은 마치 별빛처럼 반짝였다. 반가움에 우리는 미리 약속이라도 한 듯 차 문을 열고 나가서는 손을 흔들었다.

"여기요!"

우리를 보았는지 그 차가 크게 경적을 울렸다. 잘 모르는 사람을 이렇게까지 반가워한 건 처음이었다. 기름을 넣고 차 상태를 살펴본 보험회사 사람은 이상이 없으니 이제 괜찮을 거라고 했다.

"아유, 덕분에 살았네요. 정말 고마워요!"

"감사합니다."

감사 인사를 하는 엄마 곁에서 나도 꾸벅 허리를 숙여 인사를 했다. 잠시 머물렀던 반가운 이방인은 다시 어둠 속으로 사라졌고, 우리도 예정된 목적지로 향하기 시작했다.

그때였다. 조용해진 차 안에서 엄마가 대뜸 이렇게 물었다.

"그런데 유진아, 진짜 아침 안 차려도 돼?"

갑작스런 그 물음에 내가 피식 웃으며 대답했다.

"정말이라니까. 안 먹는데 치우기만 하는 거 나도 이제 힘들어. 배고프면 알아서 챙겨 먹을 테니까 걱정 말고."

"어머나, 몇 년 동안 헛수고했네. 진즉 물어볼 걸 그랬다. 그나저나 너 어릴 때 소꿉놀이하면 꼭 국에 반찬 세 가지는 차렸던 거 기억나? 내가 왜 그렇게 차렸냐고 물으니까 '국에 반찬 세 가지는 있어야 밥상이지!' 하더라니까. 그거 보고 얼마나 웃었는지. 너희 아빠가 국에 반찬 세 가지는 있어야 밥을 먹었거든. 그 뒤로 네 아빠한테 나중에 딸 고생시키고 싶지 않으면 주는 대로 먹으라고 했어. 물리에만 관성의 법칙이 있는 게 아니라고 했는데, 이제 보니 내가 그 꼴이었네······. 그나저나 그때 네 덕분에 참 많이 웃었는데, 다 잊어버리고 살았구나."

웃으며 말하는 엄마의 옆얼굴을 가만히 바라보았다. 아마도 엄마 역시, 아빠처럼 향하고 싶었던 어딘가가 있었을 것이다. 어쩌면 나 때문에 방향을 바꾸었을지도 모른다. 공기 좋고 경치 좋은 숲길을 따라가다 다시 나를 향해 허겁지겁 달려온 것처럼.

아빠가 훌쩍 집을 떠난 뒤 엄마는 달리 살갑지 않은 딸을 데리고 고단한 하루하루를 살아야 했다. 피곤에 지친 엄마를 볼 때마다 내가 그 고단함이 된 것만 같았다. 죄책감이 바늘처럼 마음을 찔러댔다.

"엄마."

"왜?"

정면에서 눈을 떼지 않고 대답하는 엄마에게 내가 말을 이었다.

"세상에서 가장 똑똑한 천재도 설명할 수 없는 게 사람 마음이니까, 엄마도 괜한 일에 너무 신경 쓰지 마. ……아침밥 안 차려줘도, 엄만 괜찮은 엄마니까. 나 잔다."

아침마다 엄마가 차려놓은 밥을 볼 때면 나는 복잡한 감정을 느꼈다. 바쁜 일상 속에서 엄마가 꼬박꼬박 아침상을 차리는 것으로 사랑과 애정을 표현한다는 것을 알고 있었다. 소화되지 않는 밥이 부담스러웠지만, 그것을 거부한다면 엄마에게 상처를 줄 것 같았다. 차려진 밥상을 손도 대지 않은 채 정리하는 것으로 나는 솔직한 마음을 감추었다.

하지만 이제 나는 엄마에게 어떤 죄책감도 갖지 않기로 했다. 내게 달려오는 엄마를 보며 마음 깊은 곳에 숨어 있던 말들이 터져나오는 순간, 그러기로 결심했다. 말하지 않아도 알 거라고 여겼던 말을 꺼내기로 했다. 상처 줄까 봐 감췄던 말을 풀어놓기로 했다.

그날 졸업식에서 홀로 나타난 엄마를 보았을 때, 나는 참 반가웠다. 한 번도 솔직하게 말한 적은 없었지만 진심으로 그랬다. 서먹해하면서도 꿋꿋하게 그 자리를 지켜주는 엄마가 고마웠다. 나라는 짐을 떠맡은 엄마에게 처음으로 미안해졌다.

집에서 평생 흘릴 눈물을 다 쏟은 뒤 엄마가 우는 소리를 들었던 새벽, 나는 더 이상 짐이 되지 않겠다고 다짐했다. 그 무거운 어깨에 무언가를 더 얹고 싶지는 않았다. 하지만 엄마는 내가 그런 감정을 느끼길 바라지는 않았을 것이다.

어쩌면 엄마의 아침밥과 나의 죄책감은 똑같은 것이었을지도 모르겠다. 진짜 하고 싶은 말을 하지 못하는 서툰 두 사람은 스스로에게 짐을 더하는 것으로 그것을 대신했을지 모른다. 엄마에게 고통을 주었으니 내 마음이 편하면 안 된다고 생각했다. 그런데 엄마도 같은 마음이었을지 모른다니 가슴 한구석이 아려왔다.

차는 계속해서 앞으로 나아갔다. 뉴턴의 작용반작용 법칙대로 땅과 바퀴가 서로를 밀어내면서 앞으로 나아가는 중이었다. 중력이 없다면 이대로 멈추지 않겠지만 지구에서는 불가능한 일이다. 하지만 그게 다행이란 생각이 들었다. 방향을 바꾸고 싶을 때는 잠시 멈출수도 있다는 사실이.

문득 엄마와 내가 서로 비슷한 정도의 따뜻함을 느끼고 살면 좋겠다는 생각이 들었다. 사람의 마음은 물리법칙처럼 정확히 측정할 수는 없지만 너무 차이가 나지는 않으면 좋겠다고. 그것이 서로를 앞으로 나아가게 하는 힘이 되면 좋겠다고.

그러자 한 번도 깊이 생각해 본 적 없는 뉴턴에게 고마워졌다. 그가 없었다면 우리 가족이 그런 대화를 나눌 일도 없었을 것이고, 어쩌면 나도 세상에 없었을지 모른다. 부모님의 인연도 어디서 어긋났을지 모를 일이었으니 말이다.

세상을 움직이는 것은 물리법칙이지만, 사람은 그와 동시에 다른 영향도 받는 존재였다. 이를테면 우연이나 이성으로 설명할 수 없는 감정, 마음의 변덕, 순간의 선택 같은 것. 그것은 정확히 측정하거나 계산할 수 없었고, 예상하는 것조차 불가능한 일이었다. 세상일은 모든 게 뻔하다고 생각했는데, 어쩌면 내 생각보다 훨씬 복잡할지도 모르겠다.

그 사실을 인정하는 순간 우습게도 마음이 편안해졌다. 삶은 물리법칙이 아니다. 그러니 오지 않은 미래와 누군가의 마음을 미리 예상하고 계산할 필요는 없다. 그것을 다 아는 건 이미 불가능한 일이니까. 설령 아무리 가까워진 일이나 사람일지라도 마찬가지다.

내가 할 수 있는 건 그저 내 마음을 돌아보는 것 정도일지 모른다. 그게 지금 할 수 있고, 또 해야 하는 일일지 모른다. 다른 누군가의 마음을 알고 싶다면, 말로 표현하는 수밖에 없다. 끝없이 질문하고 그 이야기를 들어주는 길밖에는 없다.

엄마와 계속 어긋났던 것도 그 때문이었을까? 지금까지 내 마음에 눈 감고 엄마에게 입 닫고 살아왔다. 엄마도 다르지 않았다. 우리 관계가 복잡했던 게 이렇게나 간단한 이유 때문이었다니. 하지만 허무하지는 않았다. 그 대신 눈물 한 방울이 흘러나왔다.

그때 얼굴을 쓰다듬는 손길이 느껴졌다. 그 손길이 조용히 눈물을 거두어갔다. 따뜻한 손이었다. 손의 열기가 내 몸 구석구석으로 퍼져가는 것 같았다. 어느새 차가웠던 공기도 따스해졌다.

그래, 여기는 우주가 아니다. 많은 것이 서로 영향을 주고받는 이 곳에서 나는 흔들릴 때도 있겠지만 그래도 괜찮다. 그럴 땐 잠시 멈추었다 다시 나아가면 된다. 그 방향이 어디든 내 뜻대로, 가고 싶은 곳으로, 솔직하게.

그러자 마음이 편안해지며 졸음이 쏟아지기 시작했다. 나는 그것을 거부하지 않고 받아들이며 잠에 빠져들었다.

감은 눈으로 달빛이 내려앉고 있었다.

고만고만한 사랑과 진로의 상관관계에 대하여

인정한다.

"임마, 너 그렇게 대책 없이 이과 온다고 했을 때부터 알아봤어!"

학교 선생님, 특히 담임에게 속마음을 털어놓은 건 바보 같은 짓이었다. 그 학생이 수학을 못하고 담임이 수학 담당이라면 더더욱. 운이 나쁘면 2년 연속 담임으로 만날 수도 있다. 지금 나처럼.

"사랑? 허어이구, 고만고만한 성적에, 공부만 해도 모자랄 판에 아주 놀고 있다!"

하지만 그렇다고 해서, 2학년이 된 지금까지 그 일로 비아냥대는 건 좀 너무하지 않나? 의사는 환자랑 상담한 내용을 외부에 발설하면 처벌받는다는데, 교사랑 학생 사이에는 비밀 보장의 의무 같은 게 없는 걸까? 도대체 왜? 대입을 앞둔 청소년에게는 사생활도 없다는 거야? 아니, 그것보다 사람이 사람한테 애정을 느끼는 게 잘못인가? 고등학생은 사람도 아니란 거야 뭐야? 내 성적이 고만고만한 건 사실이지만, 그렇다고 이러는 건 너무하잖아.

기분이 나빴던 나는 결국 참지 못하고 대꾸했다.

"선생님, 아무리 그래도 너무한 거 아니에요?"

그러자 선생님이 도끼눈을 뜨고 대답했다.

"뭐? 너, 이과 간다고 했을 때 내가 뭐라고 했어? 고만고만한 성적으로 힘들 거라고 했잖아! 근데 그때 너는 뭐라고 했어? 사랑에 성적은 문제가 아니라고 그랬지? 지금 니네들이 그럴 때니? 사랑은 무슨!"

그때였다.

"선생님, 수업 안 하세요?"

뜻밖에 구원투수가 등판했다. 이윤호였다. 다른 사람 일이라면 찬바람 쌩쌩인 냉혈동물이 웬일? 나처럼 다른 아이들도 의외라는 표정으로 그쪽을 볼 때였다. 이윤호는 상관없다는 듯 다시 책으로 눈을 돌렸다.

"흠흠, 그럼 진도 나가볼까? 윤진서! 너는 들어가고, 공부 좀 해라, 공부 좀!"

나는 입을 삐죽이며 제자리로 돌아왔다. 얼굴을 찡그리며 안타까워하는 연수와 눈을 마주치고는 킥 웃고 자리에 앉을 때였다. 저쪽

끝자리에서 혼자 웃는 이윤호 얼굴이 보였다.

이윤호는 아무도 모를 거라 생각하는지 웃음을 삼키고 고개를 들었는데, 그러다 나와 눈이 마주쳤다. 순간 내가 어이없다는 표정을 짓자 신경도 안 쓴다는 듯 평소의 얼굴로 돌아갔다. 나를 무시하는 눈이라는 걸 모를 수 없었다.

"어휴, 저 밉상."

아무튼 오늘 아침부터 조짐이 좋지 않았다. 아침에 오자마자 함께 학원에 다니는 연수가 이런저런 자료를 주면서 말했다.

"이건 우리 반에서 지금 하는 건데, 네가 보면 좋을 문제들만 추려 봤어."

그 말에 내가 한숨을 쉬며 대답했다.

"연수야, 네가 날 사랑하는 건 알지만 이건 좀 심하지 않니? 나, C 반이야."

하지만 심리학을 공부하고 싶어 하는 연수는 웬만한 말에는 꿈쩍도 하지 않았다.

"그래서 너 볼 만한 것만 골랐어. 수의학과 가고 싶다며. 그럼 수학 성적 관리도 해야 하는 거 알지?"

"아니 대체, 동물을 고쳐주는 데 왜 수학이 필요한 거야?"

"객관적으로 바라보며 감정에 치우치지 않고 문제를 해결하는 태도가 필요한 거지. 그걸 연습하는 데는 반복적인 계산도 나쁜 건 아니라고."

"어휴, 아무튼 너는 진짜, 심리학이 아니라 법학으로 가야 해. 너라면 이 썩어빠진 법조계를 다 털어버릴 수 있을 거라고. 그 멘탈과 입으로!"

초등학교 때부터 단짝인 연수는 나와 닮은 구석이라곤 하나도 없었다. 그럼에도 4학년 때 내가 전학을 오며 처음 만난 우리는 짝이 되면서 절친이 되었다. 나는 또랑또랑 말 잘하고 냉철하며 자기 생각이 뚜렷한 연수가 보자마자 마음에 들었다.

초등학교를 졸업할 때 연수가 나에게 편지를 주었고, 거기에 이렇게 씌어 있었다.

진서야, 너를 만나고 사람이 다시 좋아졌어. 정말 고마워.

그걸 읽자마자 나는 연수에게 이렇게 소리쳤다.

"고마우면 짱구네 떡볶이 세 번, 아니 다섯 번 사기!"

연수가 웃으며 고개를 끄덕였고, 그 약속을 지켰다. 그 뒤로 중학교와 고등학교까지 함께 가면서 우리는 더욱 친해졌다. 연수네 집에는 집안일 해주는 아주머니가 있었는데 그분 음식은 짱구네 떡볶이 못지않았다. 연수네 집에 놀러갈 때마다…… 아니지, 지금 하려는 이야기는 이게 아닌데. 말을 하다 보면 처음 하려던 이야기를 까먹을 때가 종종 있다. 하지만 오늘은 아니다.

그 문제지를 살펴보는데 연수가 내게 물었다.

"그런데 너 이제 괜찮은 거야, 정말?"

"……응. 그 오빠 보려고 그 병원 더 열심히 갔는데, 우리 감자랑 산책하다가도 들르고 그랬거든. 어휴, 근데 여친이랑 그 꼴 보고 나니까 차라리 잘됐다 싶어."

시무룩한 한숨을 토해내며 고개를 푹 숙였을 때였다. 누군가 피식 하고 웃는 소리가 들렸다. 아주 작았지만 분명히 들렸다. 순간 기분이 상한 내가 고개를 들어 주위를 둘러보았다. 그러다 이윤호와 눈이 마주쳤는데 그 입가에 남은 비웃음이 막 사라지고 있었다.

"왜 남의 얘길 엿듣냐?"

이윤호는 무슨 뜻인지 모르겠다는 얼굴로 아무 대답도 하지 않았다. 무시당한 것 같아 더 기분이 나빠진 내가 다시 입을 열었다.

"지금 나 비웃었잖아!"

그 말에 이렇게 대답하는 거다.

"그냥 좀, 그럴 처지가 아닌 것 같은데 되게 태평하다 싶어서."

"뭐?"

"여유 있는 게 신기하다고."

"남의 인생에 신경 끄고 네 인생이나 잘 챙겨. 우리 그럴 사이도 아니잖아?"

그냥 하는 말도 어쩜 저렇게 비꼬듯 얄미울까? 그것도 재주다 싶었던 내가 톡 쏘아붙였다. 하지만 이윤호는 끄떡없었다.

"그건 나도 알아. 그런데 난 좀 여유가 있어서 말이지."

그러고는 자리에서 일어나 그대로 교실 문을 나섰다. 어처구니가 없었지만 딱히 틀린 말은 아니어서 더 기분이 좋지 않았다.

"저 밉상, 지금 나한테 시비 거는 거지?"

그 말에 연수가 나에게 되물었다.

"진서야, 쟤 어때?"

"누구? 이윤호? 어떻긴 뭘 어때, 주는 거 없이 밉상이지. 아니, 지가 공부 좀 잘하면 잘하는 거지, 다른 사람 비웃을 권리는 없잖아? 아무튼 공부만 잘하고 인성은 글러먹은 놈들은 이래서 안 되는 거야. 그러니까 연수 네가 저런 놈들 싹 치워버려!"

그러자 연수가 웃으며 이렇게 말했다.

"글쎄, 난 별로 그럴 생각은 없는데. 그리고 이윤호 그런 애는 아니야. 좀 지나면 너도 알게 될걸? 진서 네가 시간만 충분하면 사람 잘 보잖아. 너무 미리 넘겨짚지는 마."

"그게 무슨 김밥 옆구리 터지는 소리야?"

하지만 연수는 웃기만 할 뿐 대답은 하지 않았다. 순간 왠지 섭섭한 기분이 들었다. 지금까지 서로 비밀이라곤 없었는데 내가 모르는 일이 있다고 생각하니 괜히 마음이 허했다.

내 기분을 눈치챘는지 연수가 조용히 입을 열었다.

"알았어. 나 요즘, 이윤호가 좀 다시 보이거든."

너무나 뜻밖의 말에 나는 할 말을 찾지 못하고 다시 물었다.

"뭐?"

그 말에 연수가 킥킥거리며 웃었다.

"그렇게 의외야? 왜, 진서 네 눈에 안 차서 그렇지 쟤 은근히 인기 많아."

"진짜?"

아니, 그렇다곤 해도 굳이 왜 어째서 이윤호냐고 더 묻고 싶었지만, 그와 동시에 수업 종이 울렸다. 자리에 돌아온 나는 고개를 홱 돌려 이윤호를 노려보았다.

가장 친한 친구가 좋아하는 남자가 내 마음에 들지 않을 땐 어떻게 해야 하는 거지? 어떡하긴 뭘 어떡해. 아무리 친해도 그건 이래라저래라 할 수 있는 문제가 아니란 걸 모르는 바보는 아니다.

그걸 아는데도 마음이 가라앉지 않았다. 내 눈길을 느꼈는지 이윤호가 고개를 들었다. 내가 눈을 피하지 않자 피식 웃더니 다시 교과서로 눈을 돌렸다.

그때였다.

딱!

"아, 뭐야?"

"뭐긴 뭐야. 수업 시작했는데 어디 보고 있어? 딴생각 말고 나와서 저거나 풀어봐!"

우리 담임, 수학 선생님이 1교시에 들어온 거였다.

작년에도 담임이었던 선생님에게 나는 진로에 대해 이야기하다 동물병원에서 자주 만난 수의대생 오빠에 대해 말하고 말았다. 그때는 그 오빠 생각으로 가득 차 있어서 다른 생각은 하지 못했다. 내 인생에서 가장 되돌리고 싶은 순간이자 가장 후회되는 흑역사였다. 그 뒤로 선생님은 나만 보면 그 이야기를 했다. 이젠 아주 지겨웠다.

아침에 들은 말이 너무나 갑작스러웠기에, 쉬는 시간에 나는 연수 손을 이끌고 밖으로 나와 다시 물었다.

"너 그게 무슨 소리야? 연수 너 진짜, 이윤호 좋아해?"

그러자 연수가 소리 내어 웃었다.

"다른 사람이 그렇게 말하는 걸 들으니까 좀 웃다. 그래, 나 이윤호 좋아하는 것 같아. 아니, 좋아해."

"허! 도대체 왜?"

그 말에 연수는 더 크게 웃었다.

"그게 설명이 된다면 사람들이 술 먹고 울고불고하지는 않겠지? 나도 잘 모르겠어. 그냥 자꾸 생각나고 보고 싶고 한 걸 보니 그래. 그런데 진서 네 맘도 이해 안 가는 건 아니야. 솔직히 말하면 내 취향은 진짜 아니거든. 도도하고, 까칠하고…… 누구 생각나지 않아?"

"누구?"

내 말에 연수는 또 웃음을 터뜨리고는 이렇게 말했다.

"진서야, 난 네가 참 좋아. 그래서 너 같은 사람을 좋아할 줄 알았거든. 그런데 꼭 나 같은 애를 좋아하게 되다니, 사실은 자기애가 넘쳐나는 것일지도 모르겠어. 지금까지 내 자신을 싫어한다고 생각했는데."

"무슨 소리야. 너하고 이윤호하고 뭐가 똑같냐?"

"진서 너의 그런 면이 좋아. 솔직하고 거침없는 거. 그런데 나, 윤호랑 비슷한 거 맞아. 걔를 보면서 어릴 때 내가 왜 애들과 잘 어울리지 못했는지 조금은 알 것 같았어. 물론 그게 정당하다는 건 아니지만 솔직히 별로 말하고 싶은 상대는 아니잖아. 싸늘하고."

이렇게까지 말하다니 아무래도 연수는 정말 이윤호를 좋아하는 것 같았다.

"그럼 그냥 고백해버려. 좋아한다며. 죽이 되든 밥이 되든 그게 낫지 않아?"

하지만 연수는 고개를 가로저었다.

"아니, 나는 죽도 밥도 원하지 않아. 사귀거나 따로 만나고 싶지도 않고. 그냥 신기할 뿐이야. 나와 비슷한 사람한테 끌리는 자신이 좀 낯설고. 게다가……."

"게다가?"

"이윤호는 다른 애를 좋아하는 것 같거든."

"그래?"

연수가 고개를 끄덕였다.

"관심 갖고 보니까 저절로 그런 걸 알게 되더라. 사물이든 사람이든 의미가 생기면 보는 눈도 달라지나 봐."

도무지 상상이 가지 않는 일이라고 생각했던 나는 고개를 갸웃하며 말했다.

"저 밉상이 누굴 좋아한다니 신기하긴 하네. 아무튼 알겠어. 솔직히 연수 네가 너무 아깝지만, 내가 이래라저래라 할 일은 아닌 것 같구. 그냥 잘되길 빈다. 뭐가 잘되는 건지는 나도 연애를 안 해봐서 잘은 모르겠지만."

알겠다고 했지만 사실 연수가 신기했다. 좋아하는데 그냥 보기만 하는 게 가능한가? 다른 사람이랑 사귀는 걸 보는 게 가능할까? 내 경우에는 절대로 불가능하다. 그 생각은 사실로 증명되기도 했다.

작년 가을, 학원 끝나고 집으로 오는 길에 동물 병원을 지날 때였다. 창 너머로 낯선 사람을 본 순간 내가 첫사랑에 빠졌다는 걸 알 수 있었다. 그 사람은 수의대생인데, 그 병원 선생님이랑 아는 사이라 봉사활동 겸 경험 쌓기를 하는 중이라고 했다. 갈 때마다 자주 만나서 친해졌는데 알면 알수록 마음 가는 사람이었다.

내가 그렇게 깊이 생각하는 편은 아니지만, 진로를 다른 사람 때문에 정할 만큼 가벼운 사람도 아니다. 선생님 말대로 고만고만한 성적으로 진로를 고민하다 동물을 좋아하니 그쪽을 생각하고 있던 중에 그 오빠를 만난 것이었다. 그 만남으로 평평했던 저울의 균형이 깨졌고, 나는 이과로 확 마음이 기울었다.

그리고 두 달 전, 어쩐지 한동안 보이지 않던 오빠가 나타났다. 반가움에 나도 모르게 손을 올리려던 때였다. 오빠 옆으로 어떤 언니가 다가오더니 볼에 살짝 뽀뽀를 하고는 사라졌다. 아무래도 사귀는 사이 같았다. 충격으로 몸을 움직일 수가 없었다. 집에 어떻게 왔는지도 기억나지 않았다.

그날 밤을 뜬눈으로 지샌 뒤 생각보다 멀쩡한 내 모습이 신기했는데, 후폭풍은 하루가 지나기도 전에 찾아왔다. 기분이 울적해서 눈물이 나왔고, 입맛이 없었다. 그러더니 몸까지 욱신거리며 아파왔다. 며칠 동안 울고 굶기를 계속했다.

하지만 시간이 지나면 상처는 나아지고, 때로는 본능이 감정을 이기기도 한다는 걸 몸으로 경험했다. 울면서 굶다가 더는 버티지 못하던 나는 한밤중에 냉장고에 있던 반찬으로 비빔밥을 한솥 해 먹은 뒤에 달게 잠을 잤다. 짝사랑 실패를 이겨내는 순간이었다.

어쩌면 정말, 담임선생님 말대로 고만고만한 사랑이었기 때문이었는지도 모른다. 그렇다고 해도 그게 왜? 뭐? 왜? 아주 비극적이라고는 할 수 없지만, 다시 생각해도 가슴이 콱 막히고 아팠다. 연수가 나처럼 마음 아픈 일은 없으면 좋겠다고 진심으로 바랄 정도로.

2학년이 된 지 어느덧 한 달이 넘었다. 봄이었지만 바람은 때때로 차갑기만 했다. 변덕 심한 날씨 덕에 나는 아침부터 몸이 으슬으슬했는데 오후가 되자 상태가 더욱 나빠졌다. 아무래도 몸살이 난 것 같았다.

연수가 내 이마를 짚어보더니 말했다.

"몸살 났나 보다. 체육 선생님한테 아프다고 말해줄게. 같이 내려가서 조퇴하자."

"으응, 고마워."

교무실에 다녀오니 체육 수업으로 아이들이 시끌벅적했다.

"야, 다들 얼른 체육관으로 가! 윤진서, 너는 안 가?"

반장 이윤호의 말에 연수가 대신 대답했다.

"진서 아파서 수업 빠져야 할 것 같아. 조퇴하고 오는 길이야."

"……알았어. 선생님한테 말해놓을게. 니들은 빨리빨리 나가라."

왁자지껄하던 교실이 어느새 조용해졌다. 나는 잠깐 엎드렸다 나간다는 게 그만 잠에 빠져들고 있었다. 그때 교실 문이 조용히 열리는 소리가 들렸다. 누군가 잊은 게 있는지 잠깐 들어오는 모양이었다.

발걸음 소리가 조용한 교실에 울려퍼졌고 내 눈이 거의 감길 때였다. 발소리가 점점 가까워졌다. 거의 감긴 눈으로 이윤호 얼굴이 들어왔다. 무슨 일인가 싶어 몸을 일으키려고 할 때였다.

갑자기 머리에 손길이 느껴졌다. 순간 남은 잠이 다 달아난 듯 정신이 번쩍 들었다. 하지만 눈을 뜰 수 없었고, 가슴이 뛰기 시작했다. 무슨 짓이냐고 소리를 질러야 할까 생각할 때였다.

이윤호의 손이 아주 살짝 두어 번쯤 내 머리를 쓰다듬었다. 머리에서 손을 뗀 뒤에는 잠시 그대로 서 있더니 곧 몸을 돌려 멀어졌다. 드르륵 하고 교실 문이 닫히는 소리가 이어졌다.

잠시 후 몸을 일으킨 나는 혹시 꿈을 꾼 건가 싶기도 했다. 하지만 그건 꿈이 아니었다. 이윤호가 좋아한다는 사람이 설마, 나? 맙소사! 이게 대체 무슨 일이지? 갑자기 머리가 아파왔다. 연수 얼굴이 떠올랐다. 괜히 내가 뭘 잘못한 것처럼 미안한 마음이 들었다. 잘못한 게 없는데도 그랬다. 나는 후다닥 교실을 빠져나왔다.

그런 마음을 알 리 없는 연수는 집에 도착한 내가 잠에 빠져든 사이 몇 번이나 전화했다. 그냥 무시할 수 없던 나는 겨우 메시지를 남겼다.

몸이 늘어져서 계속 잤어. 미안해. 내일 보자.

하지만 하루가 지났다고 복잡한 머리가 정리될 리 없었다. 잠을 설치다 일찍 일어난 나는 그대로 집을 나섰다. 학교 가는 발걸음이 축축 늘어졌고, 교실에 들어서면서는 한숨이 나왔다. 이른 시간인지 교실에는 아무도 없었다.

"웬일로 이렇게 일찍 왔냐? 아침부터 기운 빠지게 한숨은."

돌아보니 이윤호였다. 아무리 봐도 평소와 같았다. 괜히 내가 착각했던 것일지 모른다는 생각이 들었다. 그러면 나야 고맙지 하며 안도하던 그때였다.

"몸, 괜찮아? 아직 안 좋은 거 같은데, 하루 쉬지……."

평소답지 않게 부드러운 목소리로 말하는 이윤호는 고개를 돌리고 있어 얼굴은 보이지 않았다. 그런데 새빨개진 귀가 내 눈에 들어왔다. 나도 모르게 갑자기 야릇한 기분이 들더니 가슴이 마구 뛰기 시작했다.

"어, 나, 괜찮아. 그런데 너 일찍 왔다? 난, 화, 화장실 좀 가려고!"

낯선 기분에 당황한 나는 후다닥 화장실로 달려갔다.

"뭐야, 윤진서? 너 지금 뭐 하는 거야?"

거울을 보자 혼잣말이 터져나왔다. 당황스럽고 갑작스러운 감정이 가실 때쯤 죄책감이 밀려들었다. 친구가 좋아하는 남자애고, 그동안 아무 생각 없던 애한테 갑자기 왜 이러는 건지 스스로가 이해되지 않았다. 최악의 인간이 된 것만 같았다.

나는 정신을 차리려고 물을 틀어 세수를 했다.

"아, 차가워! 에이, 아직 추운데 온수 좀 나오게 해주지……."

하지만 빡빡한 학교 인심만 확인했을 뿐 얼음장같이 차가운 물은 큰 도움이 되지 못했다. 휴지로 대충 얼굴을 닦은 뒤 화장실에서 멍하니 앉아 있다 교실로 돌아왔다. 이윤호는 평소처럼 책에 얼굴을 박고 있었고, 나를 보며 반가워하는 연수 얼굴이 보였다.

마음 한구석이 아파왔다. 정말 욱신거리며 아팠다. 나는 금방이라도 눈물이 나올 것 같아 입술을 깨물며 꾹 참았다. 아무것도 모르는 연수는 내 걱정을 하며 어제 못 들은 수업 프린트를 챙겨주었다.

그 뒤로는 하루하루, 아니 수업 한 시간 한 시간이 고난의 연속이었다. 나는 전처럼 연수에게 편하게 말을 걸 수 없었다. 내가 잘못한 것이 없으니 괜찮다고 모른 척할 수도 없었다. 그렇다고 솔직하게 말할 수도 없었다. 아니, 말한다 해도 도대체 뭘 어떻게 말해야 할지 알 수 없었다. 그런데 계속 거짓말을 하는 것 같아 마음이 불편했다.

속에 뭘 쌓아둔 적 없는 나로서는 견디기 어려운 일이었다. 나는 결국 연수에게도, 이윤호에게도 점점 거리를 두게 되었다.

"진서야, 너 나한테 화난 거 있어? 요즘 왜 그래?"

연수가 물었지만 제대로 대답하지 못했다. 그 뒤로 우리는 점점 대화가 줄어갔고 어느새 꽤 멀어져 있었다. 겨우 몇 주만의 일이었다.

"이놈들아, 이번 모의고사 잘 준비해! 이제부터 성적관리 안 하면 다 망하는 거야. 특히 고만고만한 놈들은 점수 못 올리면 이제 떨어질 일밖에 없어. 현상 유지해봐야 아무 소용없으니까!"

누군가를 좋아하고 무언가를 즐기고 꿈꾸는 것은 불필요한 일이었다. 그러거나 말거나 고등학생의 현실은 점수로 매겨질 뿐이었다.

특히 나처럼 고만고만한 애들은 여기가 갈림길이라고 했다. 더 나은 삶으로 향하느냐 절벽으로 떨어지느냐 하는. 이런 감정으로 오락가락하는 것도 사치라고들 했다. 고만고만한 사랑과 진로의 상관관계는 대체 뭐지? 그게 뭐기에 다들 이렇게 확신하고 다그치는 것일까?

며칠 뒤 모의고사 성적표가 나온 날, 나는 한숨을 쉬며 책상에 머리를 박았다. 싱숭생숭한 마음 탓인지 시험공부에 전혀 집중하지 못했는데 그 예상대로 처절한 점수였다.

"윤진서, 너 정신 못 차리지? 안 그래도 수학 과학 점수 약한 놈이 더 노력할 생각을 해야지! 아직도 그 수의대생인가 뭔가 하는 놈 쫓아다니냐?"

면담 시간에 선생님 말을 듣고 속이 부글거렸지만 이미 기가 죽어 있던 나는 조용히 대답했다.

"그 오빠 여자친구 있어요. 이제 상관없으니까 그만 좀 하세요."

"으이구! 다 너 생각해서 하는 말이잖아! 아무튼 다음 시험에는 제발 잘 좀 해라, 알았어? 참, 너 올라가면 연수랑 윤호 좀 오라고 해. 이번 경시대회 그 둘이 나가게 되었으니까."

맙소사, 연수랑 말 안 한 지 며칠이 지났는데 하필! 나는 힘없이 인사를 하고 교무실을 나섰다. 성적이 좋은 둘이 함께 경시대회를 나가게 된 모양이었다. 연수랑 이윤호는 담임한테 이런 소리 들을 일도 없겠지?

지금이야 한 교실에 있지만, 담임 말대로라면 졸업 뒤에 그 둘과 나는 다른 삶을 살게 될 것이다. 우등생과 열등생, 탄탄대로를 걷는 사람과 고만고만한 사람. 지금은 별 차이 없어 보이지만 사는 모습은 천지차이가 될 거란다. 나한테 잘못한 것도 없는데 괜히 그 애들이 미워졌다. 동시에 연수를 '그 애들'이라고 묶어 생각한 내 자신이 한심했다.

교실에 들어서며 누구한테 먼저 가야 하나 고민할 때였다. 고개를 돌리다 문득 연수와 눈이 마주쳤다. 손을 올리며 입을 떼려던 찰나 연수가 먼저 고개를 돌렸다.

"저……."

갈 곳 잃은 손이 움직이지 못한 채 가만히 서 있었다. 따지고 보면 내가 먼저 시작한 것이니 마음 상할 일도 아니었다. 그런데 성적으로 타박당한 게 서러웠기 때문일까? 괜히 연수에게 서운한 마음이 들었다.

나는 이윤호에게 걸어가 입을 열었다.

"야, 너랑 김연수 경시대회 때문에 담임이 찾아. 지금 교무실로 내려오래."

그리 말하고 돌아서려고 할 때였다.

"아!"

발이 엉키고 몸이 기우뚱하며 옆으로 쓰러지려는 순간이었다. 오늘 운수 억세게 없구나 생각하는데, 딱딱한 바닥 대신 푹신한 느낌이 들었다.

"오! 반장, 멋있어!"

"그림이다, 그림!"

"영화 찍냐? 놀고 있다!"

갑작스럽게 이어진 반 아이들 외침에 눈을 떠보니 뜻밖에 이윤호 얼굴이 보였다. 순식간이었지만 이윤호가 나를 보며 살짝 미소지었다. 나는 화들짝 놀라며 일어나 이윤호의 팔을 뿌리쳤다. 그리고 반 아이들 속에서 연수 얼굴을 바로 찾아냈다. 나와 눈이 마주친 연수는 무표정한 얼굴로 일어나 그대로 교실을 나갔다.

괜한 오해가 더 늘어났다는 생각에 짜증이 솟구친 내가 소리쳤다.

"야, 그냥 냅두지 뭐 하는 거야!"

이윤호는 당황한 얼굴이었고 반 아이들이 대신 수군거렸다. 상관않고 자리로 돌아오자 울컥 눈물이 나왔다. 왜 나를 좋아해서 이런 상황을 만든 건지 이윤호가 원망스러웠다. 연수와 이윤호는 둘 다 공부도 잘하고 똑부러지고 비슷한 면이 많았다. 고만고만하다는 말 같은 건 들은 일도 없는 아이들이었다. 갑자기 나 자신이 더욱 초라하게 느껴졌다.

점심시간이 되었지만 입맛이 없던 나는 급식실 대신 운동장으로 나갔다. 아무 생각 없이 바람을 맞으며 걷다 서서 줄지어 선 나무들을 바라보았다. 그런데 뜻밖의 목소리가 들렸다.

"밥은 왜 안 먹고 여기 있냐? 그렇게 사이좋더니, 김연수랑 싸웠어?"

돌아보니 이윤호가 있었다. 내가 좋아하는 바나나우유를 내밀고서. 하지만 나는 그 손을 외면했다. 하나도 고맙지 않았다.

"머리 복잡하니까 나한테 신경 좀 꺼줄래?"

"싫은데?"

뜻밖의 대답에 내가 얼굴을 찌푸리며 이윤호를 보았다. 그러자 그 애는 푸핫 웃음을 터뜨렸다.

"너 무슨 생각 하는지 얼굴에 다 보이는 거 알아?"

"남이사 그러거나 말거나 왜 상관이냐고. 너랑 나, 그렇게 친한 사이도 아니잖아?"

그러자 이윤호는 순순히 고개를 끄덕이며 대답했다.

"그건 그렇지. 하지만 사람 마음은 뜻대로 안 되는 거고, 관계란 것도 변하기 마련이잖아? 너랑 나도 그럴지 누가 알아?"

"뭐어? 허, 난 그럴 생각 전혀 없거든!"

"난 아닌데."

"뭐?"

"난 아니라고."

"뭐가?"

빨리 이 대화를 끝내고 싶었지만 마음과 다르게 나는 자꾸 이윤호의 말에 대꾸를 하고 있었다. 빤히 들여다보기라도 한 것처럼 이윤호는 태연히 말을 이었다.

"좋아해. 나, 너 좋아한다고."

계속 고민하고 있던 일이었는데도 막상 당사자가 고백을 하니 말문이 막혔다. 정확히는 가슴이 뛰면서 머리가 하얘졌다. 아무 생각이 들지 않았다. 우리는 그렇게 한동안 아무 말 없이 서 있기만 했다. 그러다 내가 침묵을 깨고 말문을 열었다.

"난 너랑 사귈 생각 없어."

그런데 이윤호가 푸핫 하고 다시 웃음을 터뜨렸다. 힘들게 한 말인데 비웃는 것 같아 기분이 좋지 않았다.

"아, 웃어서 미안해. 나도 너한테 사귀자고 하는 거 아니야. 그냥 내 마음이 그렇다고. 너를 잘 알지도 못하고, 내가 좋아한다고 생각했던 사람과도 많이 다른데, 네가 좋아. 친하게 지내고 싶고. 너한테 부담 주려는 생각은 없어. 그냥, 내가 그렇게 이상한 애는 아니라고 말하고 싶었어. 놀랐으면 미안해."

말을 마친 이윤호가 나를 보며 미소 지었다. 솔직히 말하면 그 순간, 연수에게 미안했지만, 이윤호가 정말 괜찮은 사람으로 보였다. 어떻게 말해야 하나 머뭇거리던 내가 대답했다.

"……나도 미안. 그리고 어떻게 받아들여야 할지 모르겠지만, 심각하게 생각하지 않을게. 지금 보니까 너, 그렇게 밉상은 아니네."

"하하, 고맙다. 그럼 나 먼저 갈게. 이건 너 먹어라."

이윤호가 웃으며 바나나우유를 내밀었다. 나도 고개를 끄덕이며 받아들고는 살짝 웃어 보였다. 머리를 복잡하게 했던 감정인데, 뜻밖에 말로 들으니 생각보다 나쁘지 않았다. 부담 주고 싶지 않고 그저 친하게 지내고 싶었다는 말이 좀 귀엽기도 했다. 하지만 꽤 오랫동안 많이 고민했을 것이다. 그 말을 담담하게 하기까지.

그 순간, 고만고만하다는 소리를 듣든 듣지 않든 결국 우리는 모두 비슷한 처지란 생각이 들었다. 서로 다른 생각을 하고, 서로 다른 꿈을 꾸지만, 미숙하다 여겨지며 똑같은 길을 강요받는 존재들. 오늘이란 시간을 대학 이후로 미루며 저당 잡힌 미성년자들.

하지만 처음부터 어른이었던 사람이 누가 있을까? 아니, 어른이라고 다 성숙하고 능숙하기만 할까? 지금 이대로 나이를 먹는다고, 내 무언가 확 달라지지는 않을 것 같다. 지금 내가 가야 할 길은 멀고 앞으로 겪어야 할 것도 많겠지만, 무리하다가는 넘어질 것 같다는 생각도 들었다. 그러니 내 걸음에 맞춰 하나씩 나아가는 수밖에.

고만고만하다고 말한다면 뭐 그럴 테지. 그래도 삶은 한 번뿐이고 그건 오직 나의 것이다. 그렇게 생각하며 좀 더 용기를 내보기로 했다. 봄의 하늘이 파랗고 맑았다.

교실로 돌아간 나는 연수의 뒷모습을 보았다. 무언가 열심히 보고 있는 연수도, 나에게 다 말하지 못한 고민이 있을 것이다. 나보다 어른스럽고 영리하다 해도 연수 역시 열여덟 인생 초보니까. 갑자기 둘이서 수다를 떨며 웃던 때가 무척 그리워졌다.

학원에서 수업이 끝나고 건물 밖에 서서 연수를 기다렸다. A반은 C반보다 좀 늦게 끝나는데 아이들이 한둘씩 나오기 시작한 걸 보니 연수네 반 수업도 끝난 듯했다. 그리고 한 무리 학생들 틈으로 익숙한 얼굴이 보였다.

"연수야!"

내 외침에 연수는 걸음을 멈췄지만 바로 돌아보지는 않았다. 한 번 더 불러야 하나 고민할 때쯤 연수가 몸을 돌렸다. 무심하고 차가워 보이는 얼굴. 하지만 그것이 무언가 생각할 때 얼굴이란 걸 오랫동안 함께 지낸 나는 알고 있었다.

우리는 한동안 말없이 걷기만 했다. 내가 먼저 시작한 일이니 매듭도 내가 지어야 했다.

"연수야, 미안해. 이윤호가 나 좋아한다는 걸 알게 되었어. 그런데 네가 처음으로 좋아한 사람이라서 머리가 많이 복잡했어. 어떻게 해야 할지 몰라서 그냥 말을 안 해버렸는데, 내가 잘못했어. 정말 미안해……."

그러자 연수가 걸음을 멈추고는 말했다.

"나를, 그렇게 못 믿었어? 내가 너한테 그 정도 친구밖에 안 된 거야? 이윤호가 널 좋아하는 건 알고 있었어. 내가 끼어들 일이 아니라서 말하지 않았지만, 걔가 생각보다 괜찮은 애라는 걸 네가 알았으면 했는데, 모르겠다. 나도 내 진심을."

연수가 나에게 화를 내는 건 당연한 일이었다. 그 엇갈린 감정 속에서 연수가 나에게 화를 내거나 토라질까 봐 겁이 났던 게 사실이다. 어쩌면 정말, 내가 연수를 그 정도 사람으로밖에 생각 못했기 때문이었을지도 모른다.

뭐라 답하지 못하는 나에게 연수가 짧게 한숨을 쉬더니 말을 이었다.

"……사실 그래서 마음이 아프기는 했거든. 어쩌면, 진서 네가 안 그랬다면 내가 먼저 입을 닫아버렸을지도 몰라. 나도 어쩔 줄 모르다가 그랬을지도 모르겠다. 네가 이윤호 마음을 눈치챈 줄은 몰랐어. 너에 대해 가장 잘 안다고 생각했는데, 나도 사랑에 눈이 좀 멀었었나 봐. 미안해."

그리 말하며 연수는 미소를 지었다. 내가 웃으며 팔짱을 꼈고 우리는 다시 발걸음을 옮겼다.

"그런데 네 말대로 생각보다 괜찮은 애 같더라, 이윤호. 밉상이라고 생각했는데 그 정도는 아닌 것 같아."

"맘에 들어? 사실 나는 그 뒤로 생각이 좀 달라졌거든. 내가 그 애를 좋아한다고 생각한 게 어쩌면, 사랑이 아니라 동질감일지 모른다고 말이야. 그 애한테서 내 모습을 본 것일지도 모르겠어. 나랑 비슷한 성격에 비슷한 외로움과 슬픔에…… 그렇게 생각하니까 생각이 정리가 되더라. 그런데 기분이 좋았어. 내가 나 자신을 많이 좋아한다는 걸 알게 된 게."

"너 괜찮은 사람이라니까. 친구가 말도 안 되는 이유로 갑자기 절교 비슷한 걸 했는데도 이렇게 용서해주잖아."

그 말에 연수가 웃으며 대답했다.

"그런가? 어쩌면 네가 옆에서 계속 말해줘서 정말 그렇게 믿게 된 걸지도 모르지."

"뭐야, 또 고마워? 그럼 짱구 분식?"

내 말에 연수가 풋 하고 웃더니 다시 물었다.

"그래서 이윤호가 뭐래? 오늘 너 따라간 거지? 걔도 참, 안 봐도 알 것 같다."

"그냥, 내가 좋대. 사귀고 그러자는 건 아니라고, 그냥 자기가 그렇게 이상한 애는 아니라고 말하고 싶었대. 친하게 지내고 싶다고. 야, 진짜 완전 너 남자 버전이다! 둘이 말하는 게 왜 이렇게 비슷하지?"

"잃어버린 쌍둥이일지도 모르지."

연수가 진지한 얼굴로 말하자 내가 웃음을 터뜨렸다. 그러자 연수도 따라 웃었다. 몇 주 만에 함께 집으로 돌아가는 길이었지만, 떨어져 지낸 시간이 없었던 것처럼 하나도 어색하지 않았다.

연수와 나란히 걸으며 내가 이 시간을 얼마나 그리워했는지 깨달았다. 또 이윤호와 예상 밖의 사이가 될 수도 있겠다는 생각이 들었다. 확실한 건 없지만 나는 그저 마음을 따라갈 뿐이다. 미성숙하다거나 어설프다는 말을 듣는다 해도 상관없다.

고만고만한 사랑과 진로의 상관관계에 대해 생각해봤지만, 답은 나오지 않았다. 언젠가 답을 알게 된다고 해도 지금은 아닐 것이다. 다만 우리는 그 감정으로 혼란과 갈등을 겪으며 나에 대해, 그리고 다른 사람에 대해 알아간다는 생각이 들었다.

그것으로 충분하지 않을까? 지금 우리에게는.

갑자기 크게 바람이 불어왔다. 나와 연수가 동시에 깔깔거리며 웃었다. 그러다 문득 고개를 들자 밤하늘을 가르며 별똥별이 떨어지고 있었다. 예쁜 선을 그리며 순식간에 사라졌지만 우리는 분명히 보았다.

내가 연수에게 팔짱 낀 손에 힘을 주자 연수도 내게 더욱 몸을 붙였다. 그 사이에서 온기가 조금씩 더해졌다. 왠지 웃음이 나왔다.

길가에 선 가로등 불빛이 환하게 앞길을 비추고 있었다.

작가의 말

다른 많은 이들이 그렇듯 저 역시 어릴 때나 어른이 되어서나 밤하늘과 우주, 세상에 대해 생각하는 일은 늘 재미있었습니다. 외계인은 있을까? 우주의 끝은 어디일까? 1초만 지나도 과거가 되는데 시간은 무엇일까? 지금 이곳에 먼 옛날에는 어떤 존재가 살았을까? 그런 것을 떠올리며 늦도록 잠 못 이루곤 했습니다.

하지만 출산과 함께 태어난 생명이 자라는 동안 상상 못한 일들과 연이어 마주하며 우울과 절망, 눈물과 좌절 속에 허덕였습니다. 그런 질문들은 생각할 틈도 없이 시간은 쏜살같이 지나는 동시에 멈춘 듯 느리게만 흘러갔습니다.

너무나 작아서 안기도 겁났던 아이가 점차 자라나며 힘겨웠던 얼마큼의 시간이 지나자 생각 못한 이야기들이 찾아오기 시작했습니다. 그것을 풀어내는 동안 멈춘 듯한 시간도, 엉망인 삶도, 꼭 그런 것은 아니었다는 생각이 들었습니다.

그 이야기가 뜻밖에도, 답 없는 질문의 답을 찾으며 하염없이 보냈던 시간들 속에서 나왔다니 삶이란 알 수 없고 그래서 재미있는 것일지 모르겠다는 생각도 듭니다. 수학과 과학을 싫어해서 아예 포기했던 학생이었기에 과거의 제가 이 사실을 안다면 무척이나 놀라겠지요.

아이를 재우고 글을 쓰던 밤, 몸은 힘들었지만 마음은 설레고 즐겁기만 했습니다. 그때와 달리 첫 작가의 말을 쓰는 지금, 떨리는 한편 두렵기도 합니다. 이 글이 누군가에게 위로와 작은 즐거움이 된다면, 혹은 예상하지 못했던 생각의 시작이 된다면 더없이 기쁘고 감사할 것입니다.

아이는 이제 자기 생각을 말로 표현하고 있습니다. 그러기까지 사랑으로 지지해준 가족과 친구, 선후배들, 육아와 관련된 분들께 감사드립니다. 책 한 장 읽기 어려운 순간에 힘이 된 것은 과거에 읽은 책들이었습니다. 이름을 다 거론할 수 없을 만큼 많은 작가님과 화가님, 보이지 않는 곳에서 일하시는 모든 분께도 감사드립니다. 이 책이 나오도록 애써 주신 바람의아이들 출판사에도 감사의 말을 전합니다.

끝으로 사람은 서로가 서로를 자라게 한다는 사실을 날마다 깨닫게 해 주는 딸 채은이와 어려운 시간에도 변함없는 모습으로 버팀목이 되어 준 남편에게 사랑한다는 말을 남깁니다.